数奇にして模型

命運的模型 ㊤

森博嗣 著 | 謝如欣 譯

目錄

上冊

序章 09

第一章 奇幻的星期六 21

第二章 瘋狂的星期日 89

第三章 憂鬱的星期一 179

下冊

第四章 萬變的星期二 07

第五章 多夢的星期三 89

第六章 懸疑的星期四 171

第七章 濃稠的星期五 257

終章 287

登場人物

遠藤彰……醫師
遠藤昌……彰之子，兩年前自殺身亡
長谷川貞生……飛機模型迷
筒見豐彥……M工業大學教授
筒見紀世都……豐彥之子，雕刻家
筒見明日香……豐彥之女，模特兒
武藏川純……人偶模型迷
河嶋慎也……M工業大學副教授
寺林高司……M工業大學在職進修研究生
上倉裕子……M工業大學研究生
井上雅美……銀行職員，裕子之友
大御坊安朋……作家，模型迷
西之園萌繪……N大學工學院四年級生
金子勇二……N大學工學院四年級生
牧野洋子……N大學工學院四年級生
反町愛……N大學醫學院四年級生
犀川創平……N大學工學院副教授
喜多北斗……N大學工學院副教授
國枝桃子……N大學工學院助教
諏訪野……西之園家管家
儀同世津子……雜誌記者

第二天，我便搭乘那台機械飛上天空。那天從地面望向天際，見到雲層非常的厚，可是一旦到達高處，青空就有如含著笑意的眼眸，在我的頭頂豁然展開，於是那些泛著羊毛般光澤的雲朵，就在我的腳下盤旋流竄。曾說過「每朵雲都有銀色襯裡」的人，應該沒有真正親眼目睹到這般景色。不過，他倒是形容得相當貼切完美。

我在那附近繞行一會兒，不假思索地推了把手。木材、布料、鐵絲，以及固定在機身內的引擎和被綁在前面的我，這總共半噸的重量像顆小石子穿過雲層，再往下墜落。等到我認為機械已有充分動能可以扭轉方向時，又再次拉起把手，機械以一個完美的弧線掉頭，取回平衡的同時，藉由發出悅耳沉吟的引擎之力，再次往上穿過雲層，就這樣往返重複。這一切，只有妻子從地面駐足凝望著。

（稻垣足穗／逆轉）

序章

※

十一月下旬的某個星期六，降臨在寺林高司身上的災難，正是這件值得紀錄的案件的導火線。對寺林高司本人而言，他並不清楚這件事究竟是跟留聲機唱針所發出的細微雜音一樣，讓人一聽就忘；還是像突然在地表上崩裂的大斷層，是傳承自太古時期的不連續性證明。可以猜測的是，在社會大眾記憶中的印象中，恐怕是前者吧。在唱針被放在唱片上的時候，唱片通常已達到充分的迴轉速度，而唱針一開始的細小雜音，在樂曲從喇叭傳出之後，就會很快地被人遺忘——這就是現代社會的「迴轉」。

寺林高司本來在位於茨城縣筑波市某家大企業的中央研究所中擔任主任研究員。不過從今年四月開始，他開始在愛知縣那古野市的國立M工業大學進修博士課程，成爲所謂的「在職進修研究生」，這是種鮮爲一般大眾所知的大學制度，人們不用辭去工作，一邊領公司薪水一邊唸研究所，兼具上班族和學生的雙重身分，在社會中也要扮演兩種角色。

寺林高司也抱著這般複雜的心情，在那古野市租下一間小公寓，享受久違十年的學生生活。

星期六當晚，爲這件案子揭開序幕的，是寺林高司跟研究所的同班同學上倉裕子，八點在學校實驗室見面的約定。

※

他們約好的實驗室，位在M工業大學的研究大樓三樓。此時，只有上倉裕子單獨在實驗室等待。約十分鐘前到達的她，今天原本有份中學生的家教工作，卻因爲對方臨時有事而在七點提早結束。在利用突然空閒出來的時間採購物品完畢之後，她到大學附近剛開幕的便利商店買了便當和優格。便當此刻完好如初的放在擺滿了測定器及實驗用腳架的木製桌子上。至於和便當一起買來的冷凍優格，上倉則放入裝滿藥品的冰箱裡。

上倉裕子看著牆上的掛鐘，時間距離約好的八點鐘已超過十五分鐘了。

在房間的中央，化學實驗用的器具已經組裝完畢，換氣用的大型抽風管從正上方的天花板往下罩住儀器。抽風管的四邊，附有用來防止揮發性溶劑散發臭味的厚透明塑膠布簾，其中一邊現在是捲起來的。纏繞在腳架上的玻璃和橡膠管線，像彎彎曲曲的霓虹燈管，因日光燈照射而反射出藍白色的光芒。實驗室內是一片寂靜。

走廊上傳來腳步聲，隨後擁有兩扇門的實驗室，其中一扇門從面向走廊的外側被拉開。

「咦……上倉同學，只有妳一個人？」戴著眼鏡的河嶋愼也副教授，將頭探進實驗室。「今晚也要做實驗嗎？」

「不，今天只是要準備而已。」上倉裕子起身回答，「我跟寺林約好八點要在這裡進行討論的……可是他還沒來……所以我一直在等他。」

「寺林同學嗎？他今天白天都在市內的公會堂喔。」河嶋副教授咧嘴一笑。「因爲今明兩天，是『SWAP MEET』。」

「『SWAP MEET』是什麼？」上倉裕子歪著頭問。

「哈哈……請別作什麼奇怪的想像。」河嶋副教授瞇起眼睛。「那是指『模型交換會』。之前我有提過吧？是在公會堂舉辦的活動。寺林同學今天下午應該都在那裡才對。雖然我也很想去，但好好的星期六，我卻偏偏得參加試務相關的委員會。」

「請問，那個有進行到這麼晚嗎？」

「委員會嗎？」

「不……是公會堂的交換會……」

「喔，這個……是到下午五點。」河嶋副教授看看左腕上的手錶。「是啊，就算有後續整理，到這個時間也應該結束了才對。」

「是啊……」

「會不會是寺林同學忘記跟妳約好的事，已經先回家了？」

「嗯……不過，我還是再等他一下好了。」上倉裕子坐回椅子上。

「那我要先回去了。」河嶋副教授揮揮手，又咧嘴微笑。正由於他一天可以露出笑臉多達五十次，才會在學生之間博得「微笑河嶋」的封號。

河嶋副教授的腳步聲漸漸遠去，門被拉上的實驗室四周再次陷入寂靜。

這間實驗室，是分配給她使用的，在實驗室的角落，有台不知道是誰在什麼時候遺忘在這裡的古老收音機。不過在大學裡，不知道持有人是誰的物品比比皆是。上倉裕子站了起來，走到角落打開古老收音機，沒多久，旋律輕快的音樂，便以一種實在稱不上好聽的音質在實驗室內飄揚著。回到位子後，她試圖平靜心情好好聆聽這音樂。過了一段時間，發現即使這樣做依舊無法冷靜的她，下定決心再次起身，走到裝在牆上的電話邊，拿起聽筒。在按了數字鍵後，她用肩膀斜靠在牆上。

「喂，雅美嗎？是我啦。」

「裕子？」在遲疑了二秒後，她朋友以昏昏欲睡且略微渾濁的聲音，從話筒那頭傳來。

「妳在家嗎？」上倉裕子邊看著手錶邊問。

「嗯，有什麼事？」

「有空嗎？」

「爲什麼這麼問？」

「嗯，因爲剛好有時間空出來……今晚可以去妳那嗎？」

「咦……現在？好吧……可是我這什麼也沒有喔……」

「沒關係，我會買些東西去的。」說完，又看了看手錶。時間是八點二十分。

根據案發後井上雅美提供給警方的證詞，上倉裕子跟她大約講了十五分鐘的電話。也就是說，這通電話是從八點二十分打到八點三十五分。在這段時間裡，井上雅美表示似乎沒有聽到任何人（特別是可疑份子）走進上倉裕子所在的實驗室裡。

※

過了數十分鐘，九點整的時候，河嶋愼也副教授爲了拿忘記的東西，再度回到實驗室。警方偵訊他時，河嶋的理由是「突然想起有份文獻必須在星期日前作統整」。

河嶋回到自己的辦公室，將幾張影印文件放進檔案夾裡，再把檔案夾放到公事包中。在走出辦公室時，他發現同一層樓，還有幾間教室燈火通明，不過屬於河嶋研究室的實驗室，只有位在走廊斜對面，也就是之前上倉裕子單獨待在裡頭的實驗室是亮的，並傳出細微的音樂聲。

基於河嶋必須確認電器的使用情形，以避免火災發生，所以他習慣在離開學校前，前往還有學生使用的實驗室察看。

河嶋握住實驗室的門把，發現門是上鎖的。同屬這個實驗室的另一扇門也是一樣，兩扇門都無法打開。試著敲了下門，也沒人應聲。

如果換做是白天或非假日的晚上，這有可能是學生出去吃飯了，可是現在是星期六晚上，加上剛才的情況，很有可能是上倉裕子忘記關掉音樂和燈光就回去了。爲了關閉實驗室電源，河嶋二度返回自己的辦公室，拿實驗室的備份鑰匙。

從去年開始，研究大樓的所有教室都更換成電子鎖，電子鑰匙的體積比普通鑰匙大，不太容易複製。每間教室只有三把鑰匙。至於這間實驗室的鑰匙，一把是在河嶋愼也辦公室的書桌抽屜裡，一把是在使用實驗室次數最頻繁的上倉裕子手中。這個時候，河嶋副教授並不知道第三把鑰匙在哪裡。因爲第三把鑰匙是研究生們共用的。然而，在這個星期六的晚上，借走第三把鑰匙的，就是寺林高司。

河嶋副教授拿著從辦公室的書桌裡取來的鑰匙，打開了實驗室的門。接著，他目擊到那一切。

就在門內的正前方，身穿白袍的上倉裕子，仰躺在實驗桌附近的地板上。她的舌頭從嘴裡吐出，異常的模樣令河嶋副教授心生恐慌，但他還是冷靜地先叫了救護車，警察則隨後趕來。河嶋供稱，在警方到來之前，他完全沒有離開過現場。

上倉裕子死了，死因在第二天被斷定爲絞殺。

※

上倉裕子陳屍的實驗室上了鎖，而上倉裕子跟河嶋愼也兩人所持有的鑰匙確定是處於無法使用的狀態，所以寺林高司所持有的鑰匙，也就是僅剩的最後一把鑰匙，被用來犯罪的可能性最高。不管怎麼推論，此案的情勢對寺林高司來說，都是極爲不利。

對他不利的條件的還有一點，原本預定八點要到命案現場的人就是他本人。他跟上倉裕子約好八點要在實驗室碰面的事情，不但上倉裕子本人有向河嶋副教授提起，寺林自己也有向警方坦承這項約定。

更糟糕的是，上倉裕子和寺林高司，他們兩人並非只是朋友那般單純的關係。不過，以上種種都只是一半的因素而已。讓殺人兇手茅頭指向寺林高司的因素，並不只這些。

※

時間是星期六晚上，七點四十分的前後。

那古野的公會堂，座落在新幹線中央縣的鶴舞站前方不遠處，與M工業大學只有數百公尺的距離。此時，寺林高司正在這棟建築物的四樓。

那古野公會堂是一棟古老的建築。寺林高司位於的四樓，是公會堂的頂樓。這裡有個大演講廳、圍繞演講廳正方、左右方的寬敞走道，以及三個準備室。這裡的今明兩天，正在舉辦一個名爲「SWAP MEET」的活動，主要吸引的對象是那古野市的模型迷們。寺林高司是活動主辦社團的主要工作人員之一。第一天活動順利的結束，幾個同好們此時也都離開了。當作活動會場的演講廳已經上鎖，現在整個公會堂四樓只有寺林待在東北角的一個準備室裡。連在一樓的老警衛都打過內線電話上來，提醒他趕快鎖門離開。

其實寺林本人也一直注意著時鐘，因爲他和上倉裕子約好八點會面，地點就在距離公會堂約五分鐘路程的M工業大學。寺林認爲差不多也該出發了。

事實上，絆住寺林的意外就是他的模型作品。原本不放心作品放在會場過夜的他，決定利用工作人員的特權，讓自己的作品鎖在準備室中，卻在搬運的途中與人相撞，結果模型有部分損壞，導致他必須先在準備室裡修復他的模型作品。

只要是牽涉到模型，寺林就算理智上明白只是小事，仍會無法克制自己。事實上，模型並沒有多嚴重的損傷，只是幾個小零件移位罷了。卻讓寺林滿腦子充斥著必須馬上修復的念頭。再加上一旦工作，就會如同以往一般，總是不知不覺忘記了時間，一心只想著「再一下就好、再一下就好」的聲音，不斷地投入精神。看見他這副模樣的人，就算是模型界的同好都不禁目瞪口呆。

因爲這樣，一個人單獨待在公會堂到這麼晚的理由，在旁人眼中看來是難以想像，不合理、不自然；而且非常沒有說服力的藉口。今晚的災難對寺林來說，根本是不可抗拒的結果。

好不容易將作品修復到能令自己滿意的地步後，寺林依舊從各種角度眺望它，來確認修復是否完成。

寺林的作品，被一般人稱爲「figure」，是約二十公分高的人體模型；也就是所謂的人偶。講人體模型這個詞，可能還有人會誤會，說是「卡通人物3D化」，則較廣爲一般大眾所知。再不然，最簡單的說法，就是「塑膠造型人偶」。其中又以女性造型的人偶居多，就連寺林的作品也是一樣。

附帶一點，在卡通或漫畫中登場的機器人，也是包含在「figure」的範圍內，在模型界裡算是最新的領域。

連保存模型的壓克力盒也是寺林自己作的，他小心翼翼地蓋上盒子後，又再一次瞇上眼睛，出神地望著自己的作品，今年三十二歲的他，還是單身。模型同好總是調侃他是因爲沒有遇見過比自創的小妖精更具魅力的緣故。

半年之前，這話倒還算切中事實。如今，情況已經不同了。

這是他第一次眞的對一個活生生的人偶模型產生興趣。不……用「產生興趣」並不恰當，還不足以表達這種感覺……因爲所謂「產生興趣」這般程度的情感，他在這之前已有好幾次經驗了。然而，就算是用「戀愛」一詞，在這個對象面前也顯得過於低俗。

他深深相信這一點——應該是更純粹……更崇高的感覺。

這個對象無暇的程度，連他親手做的每個人偶模型都到達不了。沒想到這份完美，竟然是屬於一個人類，像是一個等身大的玩偶模型，那個人彷彿是爲了成爲模型而生，是完美到令人汗毛豎起的眞正原型。他這半年來竭盡所能的投入心血所製作的玩偶模型，包括剛才修補的最新作品在內，很明顯都是以那個人作爲參考範本。只是對他來說，所有的作品都是徹頭徹尾的失敗作。換言之，要忠實地完整再現那個人，根本是不可能的任務。無論什麼技術都只能帶來望塵莫及的無力感，一直盤旋在寺林的心頭。寺林默默地嘆了口氣。

所謂模型，原本就是要模擬實物。製作模型的精髓，使別人能透過這個縮小的替代品，看到存在於作品背後的實物原貌。寺林也深知這一點。

不過這時候的他，沒有繼續做這麼深入的思考。一面眺望著修好的作品，一面沉浸於感慨之中的行爲，只有維持了數十秒。寺林的意識馬上就從無比平和的心境中，回到現實來……不走不行了。當然，就連跟上倉裕子約好在實驗室碰面這件事，也可以稱作「平和」吧。想到如此平穩的日子要一直持續下去，還眞是無趣到令人不禁苦笑。

寺林打開門，再將準備室內掃視一遍後，就按下門邊牆壁上的開關，將燈熄掉。有一瞬間眼前什麼都看不見。他從口袋裡掏出鑰匙，然後用幾乎是摸索的方式將它插進鑰匙孔裡鎖門。

就在這時，他的後腦杓突然感到強烈的撞擊。

正確來說，在這之前，他有感覺到某個人正在接近他。衝擊的力道一下子就擴散到全身，而暴力的感受，模糊地殘存在他轉眼間破碎四散的記憶裡。

※

能活著，是不幸中的大幸。

第二天早上，寺林高司被人發現。他當時倒臥在房內，房間的鑰匙放在他襯衫胸前的口袋裡，而唯一出口的門，被人從外面鎖上了。

這間位於公會堂四樓東北角的準備室，在一樓的警衛室裡有一把備用鑰匙，那把鑰匙在案發當晚沒被外借。所以可想而知，如果不用寺林身上的鑰匙，就無法鎖上他昏倒的那個房間的門。光從這點推測，就非常不可思議。

不過，事情沒那麼簡單。更令人驚訝的，還有另一件事……在寺林高司倒臥的那間密室裡，除了他以外，還有一個人。一個名爲筒見明日香的年輕女性，是寺林認識的人。

用「認識的人」這個詞來詮釋她給寺林的印象，不夠適當。這個詞不足以形容筒見明日香所帶給寺林的感覺。

她對寺林來說，是個特別的存在。換言之，她擁有他理想中的美貌，是他心中眞正的原型……不，反正等一下，你們就會明白了。

寺林並不知道筒見明日香是何時來的，還有她爲何而來，因爲一切都是在他昏迷的那段時間內發生的。他完全搞不清楚到底是怎麼一回事，在警方面前也是如此坦承不諱。

筒見明日香死了，是被人殺害的。兩個人一起倒臥在被鎖上的準備室裡。

※

當然，殺筒見明日香的人，並不是寺林。他自己不但最清楚這一點，而且對此深信不疑。對他而言，這是不爭的事實，所以也不需要證據去證明。可是，他的想法不可能輕易地被外人採信，也一樣是不爭的事實。

他一看見屍體馬上就知道死者是筒見明日香，一目了然。雖然他跟警方強調，只要看那形狀優美的手臂，不，甚至只要憑那漂亮的手指，就很容易辨別出來，但也正是這一點，讓警方覺得可疑。

警方並不去理解寺林的說法，只是反覆地追問他爲何能肯定死者就是筒見明日香。

不過，這也不能怪警方。因爲筒見明日香屍體的頭不見了，她的脖子被硬生生切斷，而且在準備室內，找不到她的頭。不管是在公會堂裡，還是外面一帶，都沒發現。

※

以上，就是這個案件的概要。

孤僻的模型迷寺林高司，要如何從這個突如其來的大危機裡脫身，就是這個故事的主題。

在以下的章節裡，我們要回溯到案發之前，此外，我們也要對案情關係人的周遭進行觀察。這宗怪異的密室殺人細節部分，將盡可能地採時間順序來記述。

第一章　奇幻的星期六

1

大御坊安朋有著極端的性格。跟犀川創平和喜多北斗同年的他，看起來較爲蒼老。跟那兩人再仔細相比，他頭髮的絕對量（在這裡指的是體積或重量）也稀少許多，因此，大御坊的額頭顯得比較寬。平心而論，脖子以上給人的基本印象，還是符合一般三十幾歲的樣貌。論體格，並沒有任何値得一提的特徵。個子不高不矮，身材不胖不瘦，雖說比犀川和喜多來的結實，客觀來說也是被歸類成中等身材罷了。即使是大御坊安朋被當成一種生物刊在圖鑑上，有可能依舊找不到任何個人的特徵。

不過，所謂性格極端的印象，卻是非常強烈。常言道「人不可貌相」，不適用在他身上，他是屬於從外表便能推測內在性格的那種人。這種鮮明的不協調感，就像是咀嚼混著碎鋁箔的口香糖一樣。我們可以說，這個不協調的人格是大御坊安朋刻意裝出來的。

大御坊安朋身著全黑的西裝，足下蹬著一雙高跟的長靴。這不是普通的全黑西裝，正面有裝飾用的縫線不說，側身還畫著顯眼到近乎愚蠢的植物圖案。另外，胸口部分還有個形式乖張且立體感十足的刺繡。下半身則更是誇張，他那條緊身又泛著光澤的褲子，充分表現出「黏液質」（註一）的特性。整體而言，這實在是套叫人難以形容的衣服，大概是拿佛朗明哥舞者的舞衣來縫合的程度才能呈現這般誇張的豔麗吧。之所以用「大概」一詞，是因爲犀川也沒有實際看過「眾多佛朗明歌舞衣縫合的衣服」的經驗。

視線帶到大御坊安朋染成淡茶色的短髮，有如調配失敗的沙拉醬般泛著一層油光，搭配那對散發庸俗光芒的大耳環，更是雪上加霜。

犀川雖然有些期待這些裝扮其實是某個遠方小國的民族服飾，但是這份希望似乎有些渺茫。

看到好友帶來的這個男人（沒錯，毫無疑問是男的），簡直像是宇宙魔術師（如果眞要取名，他會取「仙女座牛仔」這個稱號），犀川創平一瞬間想出了六種可能性。

1.他大概是不怎麼漂亮的反串美人，雖然難以置信……（這樣矛盾的形容能否成立，以及在不被批評爲性別歧視的前提下，可否通用於現代社會……都還是問題）。

2.喜多在夜生活裡認識的專業人士。（雖說如此，究竟是何種專業，他也不願去多想。犀川不常跟喜多一起出去，所以經常一個人去喝酒的喜多，可能熟悉某個犀川所不知道的世界）。

3.他可能在某個地方演出類似星際大戰的科幻音樂劇（如果他穿著輪鞋的話，可能性也許會更高一點）。

4.他本身就是具有廣告機能的專業人士。講得更明白一點，他從事刻意的，人造的廣告工作，類似步行霓虹燈或是行動看板那樣的型態。（不過，由於宣傳目的並不明確，似乎不能成爲職業行爲）。

5.顯而易見這是一種逃避人生的行爲，不然就是一種反動，目的在於利用個人的偏差行爲招致社會大眾反感。（如果眞是如此，這種抵抗方式也實在太可愛了）。

6.不符合以上1到5的情況。（他有預感這可能是最危險的情形）。

正確答案，看來是第6種情形。即使犀川對這種常態之外的人已經相當有免疫力了，仍不禁有點頭痛起來。這可能是因爲犀川知道大御坊被琢磨成這副德行前（是啊，已經磨到發亮了）原來的樣子吧。當你認識的人已經完全變了樣時，應該也無言以對吧。

這是一個知情反而受害的最佳範例。

「犀川，你還記得人家嗎？」大御坊問。雖然以男性的聲音來說已經相當高亢，但聽起來也不會特別像女人的聲音。

「我記得。」犀川面無表情，只是稍微揚起嘴角來回答，「不過，看到現在的你，好像從前的回憶，全都付諸流水了。」

「那個時候的事，我光想到就很不好意思，所以拜託你趕快忘了吧。」大御坊露出令人發毛的微笑。

難道現在就不會不好意思嗎？犀川差點脫口而出，但這種話不但對朋友有些失禮，而且服務生也剛好送咖啡過來，他只好隨著口水把話一起吞回肚子裡。

犀川默默地點了菸。

犀川和喜多以及大御坊，是那古野市內一間私立男子中學同一期的同學。在國中和高中這六年間，三個人只有同班過一次。

在犀川的印象中，大御坊曾經是個成熟認眞的男孩。雖然他現在的本質也許仍是個成熟認眞的男人，但以一般的評價來看，現在的他實在是個脫離常軌的人。

「我被這傢伙叫住時，也嚇了一大跳。」喜多邊拿起杯子邊說：「這個樣子實在讓人沒辦法馬上認出來。我當時還在想這是何方神聖呢。」

「因爲喜多和犀川完全沒變呀。」大御坊笑了。

「你一直都待在那古野？」犀川問。

「不，我之前都在東京。嗯……回來應該有五年了吧？」大御坊的頭微妙地傾斜著。一定是每天晚上都在鏡子前用量角器練習吧。犀川覺得，大御坊並不會令人感到噁心，他是很逗趣的一個人。

時間是星期六的下午二點。不管是周末還是平日，對犀川創平來說，沒有多大的差別。差異只在於周末可以免除外在的諸多干擾，安靜的校園讓他更能集中注意力在本來的工作上而已。

犀川和喜多都是在國立N大學上班。兩個人也都是工學院的副教授。由於犀川和喜多分屬建築系和土木工學系，研究室又相隔遙遠，所以並不常見面。

犀川今天一如往常地在研究室裡悠哉地工作。當喜多打電話來時，因爲剛好是中午，他以爲喜多只是想邀他一起去學生合作社吃飯。

「我剛好碰到一個老朋友，相信你看到也一定會嚇一跳的。下午有空嗎？」喜多問。

他應喜多的邀請，開車來到他們三個人現在所在的地方，位於新幹線千種站附近一棟玻璃帷幕大樓，三人待在一樓有間叫做「NO廣場」的咖啡廳。

喜多北斗是犀川的好友，朋友之中只有他跟犀川最親近。不過，對犀川而言，所謂的好友，並沒有多大的意義，在犀川心中，也從來不覺得喜多是不可或缺的。基本上從人際關係這個角度來看，犀川確實是個無事一身輕的人。

犀川幾乎不曾主動約喜多出來見面，都是喜多單方面打電話來。他打電話來，大多是爲了沒什麼意義的事而找他。這個大嗓門的好友，似乎刻意要在犀川面前展現他平易近人，表裡如一的單純性格。人一旦到了犀川這種年紀，身邊就完全看不到像喜多這樣單純的人。這種單純，就像從前塞在抽屜裡的賀年卡一樣，是丟了就忘，要找卻又再也找不回來的東西。

喜多有時會邀犀川去看電影或舞台劇，有時則會借書本、CD或遊戲軟體給他。犀川平時沒什麼特別嗜好，但基於對朋友最低限度的禮貌，不曾拒絕喜多的邀請，喜多借他的東西，犀川也會大概瀏覽一遍。雖然犀川本身沒有意識到，不過喜多的存在，確實是一扇能讓犀川與外界保持接觸的貴重窗口。也許，喜多就是爲了這個目的，才會如此關照這個自閉成性的朋友吧。加上兩人的專業領域非常接近，使得喜多和犀川平時的對話，可以有百分之九十都繞著數值解析方法的話題打轉。至於剩下的百分之十，是喜多善變的個性，讓話題變得多彩多姿。喜多的善變似乎是與生俱來的。喜多變化多端的功力至少比犀川高出三級。

這個名爲喜多北斗的人，比起犀川，算是一個交遊廣闊的男人。尤其是跟異性交往的經驗，跟任何一個男人比較，表現都是十分突出。可是，到目前爲止，喜多介紹給犀川的幾個朋友，卻連一個女孩子都沒有，全都是男人。今天他帶來的這位名為大御坊安朋的人，在某種意義上，勉強算是喜多精心挑選出來的。想到這裡，犀川不禁在心中對這個可笑的想法報以微笑。

關於大御坊安朋的職業，喜多說是「作家」，大御坊則自我介紹是「創作者」。雖然他好像很有名，但一般人所說的「有名」，這個形容詞對犀川而言是完全沒有價值的。廣義來看「創作者」一詞，則人類所有的職業都可以算是「創作者」的一種，而狹義來看，卻又沒有比「創作者」更不像職業的職業。犀川心想，也許在這兩個定義之間維持不上不下的位置，就是成為「知名創作者」的必要條件吧。

「事實上，我和大御坊啊……」喜多一隻手在自己和大御坊之間來回指了指後說：「有同樣的興趣呢。」

隔壁桌的四個年輕女孩，這時突然變得鴉雀無聲。

「喔，這樣啊……」犀川吸著菸，微微瞇起一隻眼睛。「那我還真的不知道呢。」

「啊……創平，你可別誤會了。」喜多連忙往前探出身子。

大御坊一隻手拿著ＤＶ，將鏡頭轉向喜多。

「喜多……笑一個。」

「我就說你誤會了啦！」喜多的表情變得僵硬。

「如果你這句話不是故意要讓人誤會，那就代表你根本沒在動腦筋。」犀川面無表情的回答，「你要不要把螢幕換成液晶的，看腦筋會不會動的比較快呢？」

「咦……你們在說什麼啊？」大御坊圓睜雙眼。

「我已經說不是這樣了嘛。」喜多噗哧一笑，手貼在額頭上做出表示絕望的姿勢，抬頭向上看。「失言，失言。我的確沒在動腦筋。」

「我們的興趣純粹是偶然啦。」大御坊滿臉喜色，側眼看了看苦笑的喜多，一邊解釋道：「我和喜多也是因爲這個才又重逢的。我們是同一個社團的社員，是研究鐵道模型的團體……」

不知是否他很在意隔壁桌那群女孩的關係，大御坊說「我們」後面那段話時，特別加重了語氣。

「嗯……拜託你別用『我們』好不好？」 喜多說：「應該還有『我和喜多』之類的說法吧。」

「都一樣啦。」大御坊微笑著，將ＤＶ鏡頭轉向犀川。「犀川，你看起來好樸素喔。下次我挑些衣服送你好了。」

「創平也很喜歡火車呢。」喜多指向犀川。說話時動作很大是他的特徵。「你不是從中學開始就在迷蒸氣火車嗎？」

「那只是陪喜多你而已吧。」犀川斷然否認。「現在我已經不做了。」

「說的也是，畢竟現在也沒有蒸氣火車了。」大御坊誇張地聳聳肩。大御坊和喜多都是動作很大的人，看起來像是發電機般，從動作中不停地產生說話的能量。

「那是在不去外國的前提下吧……」喜多在一旁插話。

「犀川，你對模型有興趣嗎？應該有做過塑膠模型之類的吧？」

「創平是做飛機吧？」

「是有做過塑膠的。」犀川回答，「不過，那是小時候的事了。」

「這傢伙本來就很無趣。」喜多又再次插嘴。「而且現在還變得越來越無趣。這樣下去總有一天，他會成爲對什麼事都提不起勁的人。」

「因爲他從以前就是個一板一眼的人嘛。」大御坊說。他停止拍攝，將DV放在桌上。

「反正，我絕不是個有趣的人就是了。」犀川將香菸在菸灰缸中捻熄。

「小時候玩什麼，長大後會變成一輩子的興趣喔。」大御坊一本正經地說：「男孩子的興趣，全部都是從這樣的『鄉愁』發端的。對了，既然你都到了這把年紀，也差不多該開始找些有興趣的事來做了吧。」

「男人的興趣喔。」犀川低聲喃喃說著。

「是啊，當然是男人的興趣啊。」大御坊挺起繡有黑色蕾絲的胸口說。這副景象，就算從客觀的角度來看，也實在沒有說服力。不過，不可思議的是，這倒也使得「男人」這個名詞充分發揮效果。犀川心想，這大概就是一般人所謂的「反諷」吧。

犀川記得在很久以前，喜多曾經招待他到自己的公寓作客。這個好友雖然常常到他的住所玩耍，卻幾乎沒有邀請過犀川到他家坐坐。當時還是因爲喜多希望讓犀川看一部長達十五小時的外國影集，但犀川的房間既沒有電視也沒有錄放影機，不得已只好把他帶回自己尙未整理的新居，犀川從星期六熬夜，加上星期日一整天，才把它看完。那時，犀川在喜多雜亂的房間角落裡，看見一塊門板大小表面磨光的木板，豎起來靠在牆邊。

那塊板子，裝著鐵路軌道的模型。軌道繞板子一圈，在內側分出支線的交匯點上，還有直徑三十公分的轉車臺。因爲木板幾乎與地面垂直，上面沒有辦法擺上火車，而且在鐵軌附近也沒看見類似火車的模型。板子上除了鐵軌以外，看不到其他像是火車站或車庫之類的東西。

「這是什麼？」

「鐵路啊。」

由於這一問一答過於簡短，使得對話沒辦法繼續進行下去。但犀川終於知道這個好友有玩鐵路模型的喜好。事實上，當他看到那塊板子，的確產生了一點點（大約米粒大小）的興趣。至於原因，應該就是大御坊所謂的「鄉愁」吧。不過犀川對這方面不是很有興趣，所以很快就忘了這件事情。

犀川在兒時也曾經像一般的孩童，是個看到刊登在科學雜誌上的鐵路模型、遙控飛機、無線對講機、星相觀測望遠鏡、昆蟲和化石的標本、高性能照相機……等等的東西時，眼睛會發亮的普通少年。不知何時開始，這種傾向已經從他身上消失……將它驅趕並取而代之的新傾向，又是什麼呢……不，他認爲舊傾向並沒有消失或是被驅趕，它只是改變了形體而已，是把這所謂的鄉愁認定爲「消失」的精神狀態有問題。犀川是這麼想的。

之後，他們又繼續聊了一個小時，完全沒有提到工作的話題，有關模型的內容也僅止於之前談的那些。又都單身，家庭的話題也聊不上來。所以，話題都圍繞在彼此共通的老朋友，或是教過他們的老師身上。

各自付帳後，喜多和大御坊表示要參加在附近的那古野公會堂舉辦的模型迷販售會，便一起坐上喜多的黑色轎車，從停車場離開了。

犀川坐進愛車發動引擎時，剛好目睹中央線電車從月台發車的景象。憶起自己曾有從這個車站坐到中津川，就只是為了去拍D51（註二）的經驗……那時應該是國中時期吧。轉眼間已經是二十多年前的事了。

那個記憶讓他動作停格了三秒。不過，對現在的犀川而言，他並沒有閒暇沉溺在兒時依戀中。讓他想趕快回研究室埋頭研究的美好問題們，已經像啄木鳥一般，從他的頭腦內側開始給予刺激了。

對人類而言，失去了悠然的心境是不可能感到幸福的吧。

2

已經有一年沒來過那古野的儀同世津子，因為工作的關係又踏上這塊小土地，一如往常，仍是雜誌社委託的取材工作。

世津子住在橫濱，公司則在川崎。今天對她來說，真的是久違的工作，之所以會這麼說，是因為她在上個月初剛生產。才經過一個半月的休息就回到工作崗位（而且還是出差到外地），是很不尋常的事情。不過儀同世津子的身體恢復速度出奇的快，而且早產的雙胞胎女嬰，也還沒有辦法離開保溫箱，所以她才能像這樣無憂無慮的出遠門。

其實，即使要她只能呆呆地望著一對自己創造出來的小生命，世津子還是會非常樂意的，只是在三天前的下午，覺得身體調養的差不多了，她決定到公司一趟，就當作是康復後的戶外散心活動。卻剛好在公司聽到有個小她十歲的工讀生，要代替她去那古野出差的事。

這份工作，要採訪作家兼模型迷的大御坊安朋。採訪當天，他所屬的模型社團正在那古野市內舉辦同好們的交流會。是企畫在以鑽研興趣取向的男性雜誌中，大篇幅深入報導他身為模型迷的一面。

「如果是大御坊安朋，我有管道可以跟他搭上關係。」世津子站在上司的桌前說。

「管道就不用了，因為我們都已經談好了。」她那個有著不知算二層還是三層肥厚下巴的上司，搖頭的模樣，像是要甩開肉層與肉層間的摩擦力。「好了好了，儀同小姐，妳就好好休息吧。『畢竟』妳也只有這個時候能休息了。」

「可是，那個孩子每次要寫報導時，還是要打電話來問我。」世津子辯說：「你知道他打電話到醫院找我多少次嗎？已經多到讓護士擔心這個人可能是跟蹤狂的程度了啊！」

她所謂的「那個孩子」，就是指那個工讀生。他是來代替請產假的世津子。雖然世津子確實有親切地跟他說過「有問題就打電話給我」，卻沒料到他真的每天打來，還害她每次都必須借用醫院辦公室的傳真機。即使號稱是某著名國立大學的國文系學生，日文程度卻等同是全毀狀態。此外，他只能寫出不奇特、不有趣、且毫無品味的文章。最後出刊的文章都是世津子在多方詢問，蒐集情報下，好不容易才胡謅出來的。對世津子來說，讓那孩子去採訪；讓她在醫院休息，跟她自己出差工作沒有兩樣，只有地點是在醫院或是在家裡的差別而已。

「拜託，就讓我去吧。」

「那要兩人份的出差費喔。」肥胖的上司露出爲難的表情。

「不，我一個人就夠了。」

達成協議後，她坐上了久違的新幹線。以往總是過重的行李，這次她也狠下心來只放了相機和錄音機。另一方面，請假代替她去醫院看孩子的丈夫，懷抱著緊張又興奮的情緒，昨晚還看了很久有關育兒方面的書籍。

走出家門，感受到與以往一樣自由舒爽的心情，身體連帶輕盈許多。如果要想出一個形容詞，就是「解放感」吧，這種之前認爲是理所當然的感覺，以後在她的心中，應該會成爲貴重的寶物吧。

其實，她並沒有見過這個名爲大御坊安朋的作家，只是聽說住在那古野市的朋友西之園萌繪，正好是這個人的遠親。因此，昨晚世津子打電話給西之園萌繪約好今天的見面。世津子心想，她幾乎有一年的時間沒見到西之園萌繪了。

西之園萌繪依照約定，到那古野站去接她。

雖然世津子以「我是去工作的，坐計程車就行了」的理由婉拒她的好意，結果最後還是重覆了以往的模式。

「我們才不是什麼遠親呢。」西之園萌繪在車站大廳上邊走邊說：「我母親的姊姊嫁到大御坊家，所以安朋哥是我姨丈的長子。」

「那麼你們是表兄妹囉？」

「是的，可是……安朋哥並不是我姨媽的親生孩子。」

「妳姨丈是再婚嗎？」

「不，嗯……該怎麼說呢……」

「喔，我知道了。」儀同世津子點頭。「是小老婆的？」

萌繪默默地點頭。

「難道在大小姐的字彙裡，沒有這個詞嗎？」

「不，才沒這回事……」

「總之，雖然名義上是表兄妹，可是跟西之園小姐沒有血緣關係就是了。」

「是的，不過我小時候常去他家玩。」

「他是個怎樣的人？」

「非常棒的人。」

「喔。」

世津子無法掌握西之園萌繪所謂的「非常棒的人」，是基於哪種標準評估的，所以這答案也不太具有參考價值。在她們過去三年多的交往中，世津子雖然已經知道萌繪的價值觀有些……不，是非常的與眾不同，導致她無法捕捉到她觀念的全貌。

萌繪以前的車子是輛紅色跑車，不過這次停在圓環的，卻是除了車頂外都是純白的車，似乎是萌繪新買的車款。

「哇，這不是保時捷嗎？」世津子停下腳步回過頭看著萌繪。萌繪聽了，回她一個迷人的微笑。那樣的笑臉，讓世津子看傻了眼，說不出半句話。她這個朋友，天生就有這種才能。一定是西之園家這個品牌所培育出來的孩子，就像保時捷的商標一樣，具有獨特的吸引力及完美的保證。

儀同世津子的哥哥，就是N大工學院副教授的犀川創平，也是萌繪的指導教授。至於她和西之園萌繪，目前只有偶而會通上幾封電子郵件程度的交情。比世津子小上六歲的萌繪只有二十二歲。然而，根據世津子的預測，哥哥創平和她結婚的機率，比百分之零點零一還要高一點，於是，世津子有時還是會爲了萬一他們倆眞的結婚了，自己要怎麼和萌繪培養更好的交情的問題在煩惱。

從見面到現在，儀同世津子沒有在萌繪面前提到關於她生下雙胞胎的隻字片語，並不是她有隱瞞的意思，只是她始終是找不到機會說出口。當然，萌繪可能事前就知道她生產一事，因爲畢竟創平是知道這件事的。然而，萌繪一直沒有提及寶寶的事情。世津子心想，今天明明是她們久違的見面，沒有主動提起的萌繪，就代表創平並沒有事前告訴萌繪。雖然說，保持沉默一向是他處理人際關係的作風，但從這點觀察，也表示創平和萌繪的關係並沒有她想像中那麼親密。

現在是下午三點。大街上兩側的銀杏樹，枯黃的葉子已經掉了一半。西之園萌繪所開的白色兩人座轎車，朝那古野公會堂的方向前進著。

萌繪穿著深紅色毛衣，配上黑色牛仔褲，可以說是在她身上極少見到的成熟打扮。形式洗練的淡紫色棒球帽下，隱藏著一頭比以前稍微長的直髮，本來留給世津子有如少年般的形象的萌繪，現在隨著頭髮變長的比例負向減少，越來越偏向女性化。

「最近忙嗎？」世津子問。

「嗯，因爲要寫論文，是比較忙一點。」

雖然很想談論她那兩個剛出生的女兒，世津子卻仍繼續按耐著那股衝動。不知道是不是因爲她忍著不想主動提起的緣故，她便不像以往那麼健談。至於西之園萌繪，今天也不知爲何，話也特別少的樣子……

車子在大十字路口上右轉，進入和高架公路並行的車流中。

「我家老公曾經也很想要這種車呢。」世津子帶著惋惜的口氣，往四周看了看。以酒紅色爲基本色的車內很狹窄，座位後面沒有多餘的空間，低矮的車頂似乎是摺疊式的，很明顯地這種車無法容納他們一家四口。

「啊啊！我已經忍不住了！」萌繪看著前面大叫。

當處在驚嚇中的世津子正猶豫要怎麼回答萌繪無厘頭的歇斯底里時，萌繪看向她，莞爾一笑。「妳爲什麼都不跟我聊聊小貝比的事呢？」

「咦？妳知道？」世津子苦笑著反問。

「什麼時候生的啊？是男生還是女生？還是兩個都有？」萌繪視線依舊注視前方問。

「喔喔，妳連是雙胞胎都知道啊……是上個月初生的，比預產期要早呢。兩個都是女孩子喔。」

「哇！」萌繪直盯著儀同。「是眞的嗎？」

「眞的眞的。」

「好棒喔！我好想看看她們！」

「創平有跟妳提過……他怎麼說的？」

「喔，有啊，不過他只有說妳生了雙胞胎而已。」萌繪轉過來笑了一笑。「不過，儀同小姐妳不是用過去式說『我家老公曾經也很想要這種車呢』嗎？所以就算老師他不說，光聽到妳用這樣的文法，就已經洩底了，因爲這種車只能坐兩個人……」

「嗯嗯，因爲我們家一口氣變成四個人了嘛。」

「眞是恭喜了！是女孩子啊……妳先生一定非常高興吧？」

「爲什麼？」

「難道他沒有很高興的樣子嗎？」

「如果是平安時代（註三）就會了。」

「好好喔……」萌繪笑得闔不攏嘴。她用本來握著方向盤的其中一隻手掩住嘴巴。「好想摸摸看小寶寶呢。」

「瞧妳說的好像她們是小狗似的。」

「啊，對了，儀同小姐妳身體不要緊嗎？居然還出來工作……而且小寶寶她們……」

「嗯，我可以算是高齡生產，而且還產下雙胞胎。一般人來看，都會說一定要好好休養才可以。不過不知道爲什麼，就算生產條件糟到不行，我還是能像這樣悠悠哉哉地過活……乍看之下，我給人的感覺似乎是弱不經風的模樣對吧？不過啊，我身體可是很健壯的，健壯到我都受不了呢。」

「下次我可以去看她們嗎？」萌繪高興的拉高音調。「嗯，什麼時候好呢？」

「什麼時候都好啊。不過，她們還在醫院喔……」

接下來，世津子終於打消之前猜疑的心情，有關女兒的名字要怎麼命名、世津子的丈夫會有怎樣的反應，都是話題之一，簡直是一發不可收拾。她們在聊天中不知不覺抵達了目的地。萌繪的車子鑽過鐵路的大樑，開進公會堂北側的停車場裡。

晴朗的天空，看起來特別的高。

世津子曾數次來過那古野公會堂。公會堂四周圍繞著停車場，萌繪的車子則是停在建築物的北側停車場。剛剛所行經道路的另一邊，也就是和建築物北側相對著，林立許多現代化的高樓大廈。在世津子的記憶中，那一帶應該本來是大學附設醫院才對。聳立在那裡的圓筒型大樓，似乎是最近新蓋的建築，因爲在她的印象中記得沒看過它。

抬頭仰望這棟由紅磚砌成的巨大建築物，帶有莊嚴內斂的設計感，散發出令人喜愛的復古氣氛。從地面算起整整有兩層樓高的牆壁，爬滿了綠意盎然的長春藤。建築物西側隔著一條小路，某條高架鐵路斜斜地經過，另一邊的東側旁，則有一大片森林。那裡是被稱爲「鶴舞公園」的綠地，公園的入口緊鄰位於建築物南側的公會堂正門。她們兩個走在柏油路上，繞到建築物的南側，就是公會堂的入口所在。在正門玄關進去的寬廣階梯上，坐著爲數不少的年輕人。

在階梯的右邊，豎立的牌子上頭寫著：

那古野模型協會主辦

第十二屆MODELERS SWAP MEET模型作品展示兼交換會

在四樓禮堂

不過，兩人抬頭往公會堂正面上方一看，還有另一個更大的招牌，上面的標題內容，看起來似乎跟模型展示會沒有任何關聯。從那個大招牌上得知，在那古野公會堂裡頭挑高一到三樓的主要大廳會場。進行著一場似乎是某個宗教團體的演講會。

為了因應兩個同時進行的活動，公會堂的入口被隔成兩個，一個是位於中央較大的部分，一個是位於右邊較小的一部分。模型展示交換會的入口，就是用繩子圍起來較小的右邊入口。世津子和萌繪見狀，便走向右邊的入口，走上階梯。

踏進建築物內，她們發現一樓的門廊很昏暗，從高處氣窗斜斜射入的朦朧日光，更加襯托出這棟建築物的古老氛圍。鋪著磁磚的地板上，到處佈滿著淺淺的凹洞，讓人產生一種有機的柔軟感。她們在盡頭處的右手邊，看到了側面覆蓋著光滑大理石的階梯，於是，她們選擇搭乘近在眼前的電梯。

「反正一定是那樣啦，就是御宅族（註四）的聚會嘛。」等到電梯門關上，只剩她們兩個人時，儀同世津子說：「妳看，一堆怪人聚在那邊念念有詞的……開口模型，閉口也模型……真是超級御宅族啊。」

「我父親也有在做帆船的模型呢。」萌繪露出微笑。

「喔……那是個高尚的興趣呢。」世津子顧左右而言他，又補充道：「只有帆船模型是例外的。」

電梯的門一開，便看見四樓的前廳裡擠滿了年輕男性。有的靠坐在牆邊，有的是在樓梯間擺攤的社團。光線還是一樣從高處朦朧地灑落下來，帶來彷彿置身回教清眞寺迴廊上的氣氛。

剛走出電梯的兩人，一下子就成爲眾人目光的焦點。雖然萌繪平常已經習慣別人的視線，但是看到每個人的雙眼緊盯著她們，完全沒有移開的意思，還是令人不太舒服。

世津子一面往前走，一面在萌繪的耳邊低聲說，妳看吧！來宣示她猜測的沒錯。

觸目所及全部都是年齡十幾歲的男孩子，他們共通的特徵是瀏海遮住眼睛，邋遢的打扮，肩上掛著一個大背包。雖然中學生模樣的少年也很多，但一個個都是纖瘦白皙的樣子，看起來很早熟。此外，很多人的臉上都掛著深度數的眼鏡。

看到她們走過來，人群緩緩地分出一條路。在前廳的中央，禮堂入口的最前方，排放著三張摺疊桌，桌前還貼上寫著「櫃檯」二字的紙張。在摺疊桌的內側有個臉上滿是鬍渣的男人靠坐在椅子上，一邊抽著菸一邊用像是要舔書頁那麼近的距離在看雜誌。面前的桌子上，堆著一疊好像只有用影印製作，樣式十分簡單的手冊。

「請問你們是主辦的單位嗎？」儀同世津子隔著桌子向那個男人詢問。

「是的。」男人迅速地抬起頭，將雜誌擱在地上，然後坐直身子。「請問有什麼事嗎？」

「我們想要見大御坊先生。」世津子遞上自己的名片說：「我跟他約好在這裡見面。」

「我想他人應該在裡面。」鬍渣男朝入口的方向瞧了瞧。身上穿著上下都是佈滿摩擦痕跡的牛仔布料套裝。樣子看上去不算老，年紀大概有四十歲左右。

他從敞開的入口往禮堂內一看，裡面人聲鼎沸的。雖然沒辦法一眼看到底，不過可以看得出來，到處都是上面擺著精細作品的桌子。在接近入口的地方，還展示著上頭有燈光打下來的戰車、吉普車、傾頹的建築物等透視畫（這個名詞是世津子後來才知道的）。視線再往裡面探察，可以看到一艘約一公尺大小的飛船，漂浮在接近天花板的地方。

目測大約有數百個人聚集在這個禮堂中，而因這些人的體熱而膨脹的室內空氣，從入口處流竄出來。看到這副景象，世津子認為要進去裡面，是很需要體力的，想到這不禁卻步。

「可以請他出來一下嗎？」世津子將視線移回櫃檯後的男人身上。

「要找他的話，一定要到會場的最裡面喔……」

「謝謝。」世津子道謝後，終於下定決心要進去禮堂。

「啊，請妳等一下。」

一轉過去，坐在櫃檯邊的鬍渣男站了起來。

「有什麼事嗎？」世津子走回來問道。

「請付入場費。」

「啊，是嗎……」她點點頭後嘆口氣說：「要多少呢？」她邊問邊往萌繪看。

站在入口附近的萌繪歪著頭，臉上露出帶著酒窩的微笑。

「這個嘛，既然妳不屬於任何一個社團，也不是國高中生的話……」

「這一點都不好笑。」世津子插嘴道。

「沒錯，也就是說，妳是一般民眾入場，入場費是兩千圓。」鬍渣男很接著說。

「咦！只要進去，就要兩千圓？」有點生氣的她，壓低聲音說：「這太坑人了吧。我只是要跟人見面，要找人出來而已啊。你不是說一定要進去才可以找到人？」

「唉呀唉呀，別急嘛，大姊。」

「大姊？等一下，你是在叫誰啊……」

「好啦，事實上，還有現在就加入我們社團這一招啊。」鬍渣男尷尬的說：「加入我們社團的女性不但能免繳入會費，而且年費還可以減半爲一千五百圓，非常地划算喔。」

「是什麼社團？」

「喔，我們社團名叫『地球防衛軍．那古野分部』。這只是俗稱而已，正式的名稱還沒有公諸於世。主要活動則是以ＭＳ之類的塑膠模型爲主。」

「這樣啊，只靠一千五百圓的會費，就能保衛地球囉？」世津子瞪著鬍渣男，故意挖苦他。

「嗯，儀同小姐。」萌繪在一旁插話說：「要不要我進去找他出來呢？」她從袋子裡拿出錢包。「儀同小姐，妳在這裡等吧。在人群裡擠來擠去對妳不是不太好嗎？」

看來，萌繪是擔心她產後的身體。

「沒關係啦。對這種情形，我比妳更能免疫呢。」

「那位小姐……」櫃檯的鬍渣男看向萌繪，微微一笑。「怎樣？妳要不要也加入呢？偷偷告訴妳，其實現在我們也有在做跟眞人一樣大的自創角色扮演服裝。等到完成後，那個也特別送給妳吧。這是入會的特典……」

「我們不要那種特典，只想進去那裡面，可以嗎？」世津子說。

此時，突然有兩個戴著黑框眼鏡的男人走了過來。站在世津子和萌繪前面。

「妳們好。」兩個人同時說，感覺好像是故意要發出這種怪聲的。

世津子輕輕地點了頭。她不記得有見過他們。她發現隔壁的萌繪，也是驚訝地張大眼睛。

「非常歡迎兩位的大駕光臨。」這兩人又同時開口。「在下是阿修羅男爵，請多多指教。」

「啊，是的，請多指教……」世津子露出苦笑。「請問有什麼事？」

「可以請妳當角色扮演攝影會的模特兒嗎？」這次只有一個人講話。講話的是其中個子比較矮的男人，雖然號稱男爵，但聲音卻很模糊，感覺一點威嚴也沒有。

另一個身高較高的男人，則接在他的後面說：「妳只要穿上衣服，讓人拍照就可以了，只要一個小時就有十萬圓。」

「十萬圓？」世津子將身子挪向前說：「眞的？」

「不，我們問的是這個小姐。」個子較矮的男爵用一隻手指著西之園萌繪。

「唉呀！你這話意思是我不行囉？」世津子馬上說。

「是的，就是如此。因爲這是投票決定的。」個子比較高的男爵回答。

「投票？什麼時候投票的？是誰在那裡辦這種投票的？等一下，所謂的角色扮演服，到底是怎樣的衣服？怎麼只要穿上它就能賺十萬圓？你們居然帶那種東西來這裡。是不是泳裝啊？」

「不好意思，我拒絕。」萌繪在後面說。

「西之園！」遠處傳來呼喚聲。

儀同世津子轉向聲音的方向。從前廳的另一邊走來一個高個子的男人。

「啊！喜多老師！」萌繪向那個男人揮手。

當走來她們兩人的身邊時，喜多北斗也向一頭長髮，皮膚曬黑的世津子輕輕點了下頭。

他身穿亮綠色的西裝，配上腳下的球鞋。世津子目不轉睛地凝視著這個俊美的男子。雖然她知道不能這樣比較，但跟現場的所有男人一比，這男人的容貌不但特別出眾，而且那副笑臉又非常合乎一般的標準。

不知是否又要再次投票決定的阿修羅男爵們，兩個人一起退到了前廳的角落。

「妳在這裡做什麼？」喜多看著萌繪，露出他潔白的牙齒。

「妳認識喜多老師嗎？」萌繪轉向世津子問。

「啊，不認識。」世津子用力搖頭。「幫我介紹一下吧。」

「這位是儀同世津子小姐。」萌繪向喜多介紹完世津子後，又再次轉向世津子。「這位是N大的喜多副教授，也是犀川老師的好友。」

「喔喔，這樣啊……」世津子這時才恍然大悟般地用力點了點頭。「初次見面，我是儀同世津子。」她拿出平常少用的端莊聲音慎重地向喜多行禮問候。「謝謝您平日對家兄創平的關照。關於您的傳言，我聽說過很多次了。今後請您多多指教。」

「咦？妳是創平的妹妹？」喜多圓睜雙眼。「騙人的吧？」

世津子只是雙眼直視著喜多，收起下顎擠出最燦爛的笑容。

「啊，抱歉……也請妳多多指教。」喜多閉上嘴低頭致歉。「不過，沒想到是眞的。嘿……讓我嚇了一跳……我跟創平……不，跟犀川已經有二十年的交情了，卻完全不知道他還有個妹妹，眞是敗給他了。」

「因爲我哥的人際關係本來就是眾散親離的。」世津子再次微笑地說。

「喔喔，是啊。眾散親離啊……」喜多揚起一邊的眉毛。「這是妳自己的說法嗎？」

「不，是我哥的。」

「我想也是。」喜多頗有同感地點頭。「的確很像那傢伙的作風。」

「我想，他大概是爲了能隨時割捨掉人際關係，所以事先以單元化的方式來區隔他和每個人吧。」世津子用跟平常完全不一樣的語氣解釋，彷彿自己似乎正在將一輩子的優雅端莊全部一股腦的展現出來。

「原來如此，呵，我剛剛才跟犀川見過面呢。只是沒想到，他居然有個這麼漂亮的妹妹……哈哈，眞是的，好一個令我震驚的家族秘密。對了，要不要一起喝個茶？」

「耶！這不是小萌嗎？」聽到背後傳來的驚呼聲，世津子不由得回過頭去。

「啊，是安朋哥呀，你好。」萌繪朝那裡走去，世津子馬上跟了過去。

那裡站著一個打扮就某種意味而言，的確是與眾不同的男人。

「咦？」喜多大聲地說：「大御坊，你認識西之園小姐嗎？」

「咦？您就是……大御坊先生嗎？」世津子也很驚訝。因爲這個人跟她所想像完全不一樣。

「嗯……我是……」

「等一下……」拍世津子肩膀的，是櫃檯的翳渣男。「總之……妳是要怎樣？」

「咦？」世津子皺起眉頭反問她。

「妳還要入場嗎？」

「喔喔……不用了。因爲我已經見到大御坊先生了。」世津子一邊平復自己的情緒一邊耐心地回答。

「那先別管這個……」鬍渣男又咧嘴微笑。「要不要參加地球防衛軍看看？我覺得妳絕對比那個女孩還適合。」鬍渣男手指向萌繪的方向示意。

「我嗎？」世津子眨眨眼。「適合什麼？」

鬍渣男用一隻手撫摸下巴後回答。

「當然是當戰士囉。」

3

西之園萌繪和儀同世津子，以及喜多北斗和大御坊安朋四個人，以背向電梯的方式穿過前廳，沿著樓梯旁邊位在展示交換會主要會場西側的通道走了好一會兒。午後的燦爛陽光從成排的窗子外照射進來，使通道顯得額外明亮。而在粗壯的柱子與柱子之間，設置著木製的長椅。年輕男人們坐在長椅上面，天南地北聊的起勁。很多人在椅子上擺著幾個塑膠模型盒或怪獸玩具之類的東西，腳邊也放著因裝滿東西而鼓脹的紙袋。

在通道盡頭的牆壁上，有扇貼著「工作人員準備室」的高大木門。大御坊打開它走了進去。往裡面一看，房間幾近正方形，光線明亮，因爲這房間是這棟建築物中突出的一角的原因，入口以外的三面牆都有窗子。

「我們在這邊談好了。」大御坊一邊示意他們三人進房一邊說：「雖然很想喝杯咖啡，不過現在地下室的咖啡廳一定都客滿了吧。」

室內本來有五個男女，不過在萌繪他們進去時恰巧和要出去的四個人擦身而過。四人中有三個男性，一個女性。那個女性纖細白皙，一雙眼睛特別大，有未來世界的科技人類或是外星人的感覺。雖說她臉蛋本身就美麗得令人印象深刻，但她的打扮倒是比臉更富有個性。

整身銀中帶紫的金屬色服裝，頭盔般的硬質帽子，短襯衫和下擺比襯衫更短的背心，長及手肘的手套，下半身則是短褲和及膝的長靴，不管哪一樣，都泛著一層類似鋁箔的光澤。衣服的質料雖然看起來像金屬，卻具有柔軟的質地。此景不禁讓萌繪聯想成是在月亮的基地中，地下自助餐廳的女服務生制服。只是，從那把掛在女性腰間的西洋劍來判斷，應該是女服務生制服的機率也是微乎其微。再說，看起來這麼礙手礙腳的衣服，也實在無法得到實穿的價値。至於這套服裝究竟是以侍衛兵作爲參考，還是憑空想像出來的，以及是爲了因應何種狀況，才需要露出手、肚子和大腿等問題，萌繪是怎麼樣都不知道答案……不，應該說她事實上知道，只是不想去理解罷了。

宛如假人模特兒的女性，在三個男人的簇擁下，走到通道上去了。通道上的少年們一陣騷動，連忙拿起照相機猛拍她時的景象，讓還沒關上門的萌繪都看得一清二楚。

萌繪站在門口，目送那群人走遠後，嘆了口氣。

「剛才那件十萬圓的打工，一定就是穿這個啦。難道不是嗎？」世津子在萌繪的耳邊低聲說：「如果只是那種程度的，我也可以穿嘛。十萬圓耶。」

大御坊安朋拿著ＤＶ，鏡頭對著世津子和萌繪。這是大小可一手掌握卻機能齊全的最新機型。萌繪察覺到鏡頭時，他將ＤＶ放下，微笑地眨眨眼。

「把那裡的門先關上吧。」聽到大御坊這麼說，世津子就把那扇大門關上了。

「剛才那個人是誰？」萌繪問。

「那是模特兒。」大御坊回答說：「這裡和同人誌販售會不一樣，熱衷角色扮演的人們不太會來，所以如果是要有水準的裝扮者，就一定得由主辦單位來準備才行。」

雖然萌繪並不了解要穿上這樣的服裝，什麼樣的模特兒才能算是「有水準」，但她並不打算繼續問下去。

在準備室更裡面的地方有一座屏風。萌繪心想，這應該就是剛才的模特兒更衣的地方吧。除了一組沙發以外，只有幾張簡易的摺疊桌和椅子。房間內還留著一個眼鏡男，正在牆壁邊堆積的紙箱之間擺設三腳架。雖然他看似年輕，不過應該不是學生才對。充滿知識份子特有氣質的他，感覺跟犀川副教授很像。這是萌繪對他的第一印象。

「寺林。」大御坊對那個男人說：「我可能要借用這裡一段時間，有雜誌來採訪我。」

「嗯嗯，請盡量用，我不會介意的。」被稱作寺林的男人，轉向大御坊後回答，「對了，那裡的罐裝咖啡也請拿去喝吧。因爲是剛買回來的，應該還是溫的。」

說完，寺林抱著沉重的照相機和三腳架出去了。現在房裡只剩下四個人。大御坊在南側窗邊的沙發上坐下，儀同世津子則坐在他對面的位子，從包包裡拿出照相機和錄音機放在桌上。

萌繪拿罐裝咖啡給他們兩人後，就走向在房間另一邊抽著菸的喜多北斗副教授。他正從北面的窗戶往外眺望著。

「喜多老師，好久不見了。」萌繪小聲地說。

喜多往大御坊和世津子那邊瞥了一眼後，湊近萌繪的臉旁低聲說。

「那傢伙，眞的是妳的表哥？」

「是啊。」萌繪點點頭，露出微笑。

「還有……那位小姐竟然是創平的妹妹。」喜多壓低嗓門說完後，就像是在做眼睛運動般轉了轉動眼珠子。

「那又怎樣？」萌繪也將音量降到另外兩人聽不到的程度。

「如果是相反的話，我還比較相信。」喜多的聲音小到幾乎聽不見，並皺緊眉頭。「換做那傢伙是創平的表哥，而她是妳的姊姊，這樣才能符合一般常理的範圍啊。」

「什麼意思？」

「沒什麼意思。這實在太反常了，所以我就是不爽，有一股火氣冒上來。」喜多瞇起一隻眼睛，好像被自己香菸的煙薰到了的樣子。「她還是單身嗎？」

「儀同小姐嗎？」

「喔喔這樣啊……她姓儀同啊。」

「嗯，」萌繪點點頭。「她已經是兩個孩子的母親了。」

「眞虧創平能瞞了我二十年呀，佩服佩服……不過，不知道他究竟是什麼打算，如果他是怕讓我知道我會追求他妹妹的話，看來他的心胸也是挺狹窄的嘛。」

「等一下，我也不知道安朋哥和老師你們是同學啊。再說，犀川老師連對我，也始終都沒提過儀同小姐的事。」

「好吧，算了。」

「嗯，我覺得這樣也好。」

「該不會是同父異母吧？畢竟完全不像不是嗎？」

「是嗎？我倒覺得挺像的。」

「好吧，算了。」喜多又嘟噥著同樣的台詞，很苦悶似地吐出煙來。「今天晚上，我一定要去好好問問創平這小子。他真的是太過份了。」

在放著沙發組的準備室一角，儀同世津子開始她的訪問，大御坊則以雙手在胸前交叉，整個人靠在沙發上的姿勢回答問題。他們的話題似乎並非在模型上，而是關於大御坊他的作家生活。

「喜多老師的興趣也是模型嗎？」

「算吧。」

「你從來都沒提過這件事呢。」

「是嗎？」

「犀川老師他知道嗎？」

「知道什麼？」

「就是喜多老師的興趣。」

「我想他大概知道吧。」喜多在附近桌上的鋁製菸灰缸中把菸捻熄。「這是我一個人自得其樂的興趣，所以不太會跟別人講，畢竟也沒有這個必要。以我的立場來說，我尤其不會跟女孩子提起這個。」

「爲什麼？」

「因爲會吃醋啊。」喜多輕輕地坐在桌子上。「這是我從年輕時的經驗中所學到的。」

「咦？是怎樣的經驗呢？」萌繪噗哧一聲笑著問：「難道有嫉妒老師你的模型興趣的情人嗎？」

「我希望妳別再繼續追問下去。」喜多用裝傻的表情揮揮手。「再講下去就太寫實了，不適合妳聽。」

萌繪微笑地聳聳肩。「我聽不太懂。」

「那麼，妳知道我爲什麼不誘惑妳的原因嗎？西之園小姐。」

「誘惑……嗎？」覺得很可笑的萌繪又噗哧一聲笑了出來。「不，我完全不知道。」

「好吧，算了。」喜多又再次從口袋裡掏出菸來。「抱歉，剛才我越位了。」

「越位？」

「就是超過對方防守線的意思。」

「我的防守線？」

「嗯。」

「聽不懂。」萌繪搖搖頭。

「你眞的是個好孩子。」喜多微笑地用打火機點起香菸。「西之園，我只有一個忠告。如果妳想跟創平交往順利的話，就絕對不要讓妳的防守線後退。還有，妳的後衛線也不能退後太多，因爲那樣會招致反效果。」

「我完全聽不懂你在說什麼，喜多老師。」

「有一天妳會懂的。」

喜多說完便往沙發那邊走去。萌繪稍微思考了一下，卻還是想不透喜多話中的含意。於是放棄了繼續思考，也走向他們三人那裡。

「大御坊老師您模型的興趣，跟您的創作之間有什麼關聯呢？」儀同世津子提出問題。

「沒什麼關聯。」大御坊很直率地回答，「不過，眞要說的話，在創作出某樣東西這一點，抱持的態度應該都是一樣的吧。不管是文章或是模型，都有所謂的原型，也就是創作者想要追求的最原始的典型的存在。我們就是以遵循那個最原始典型的形式，進而產生出範本。如果以這個意義來解釋，寫在文章裡的一切，其實全都可說是範本。嗯，兩者的確是一樣的。雖然模型也分有很多種，但基本上可大致分成兩類。一種是正確模仿原型，以求縮小與原型差異的比例達到精確，還有一種就是脫離原始形貌，追求原創風格。前者被稱爲『縮小的原型』，後者就是名符其實的『自由創作』。如果以著作來說，應該就像是『非虛構』和『虛構』的差別吧。雖然在模型創造中，也許會隨著模型領域的不同而有所差異，但基本上來說，一開始還是以自由創作比較簡單好上手。不過，想要在這領域更上一層樓，卻是非常困難的。至於『縮小的原型』，雖然需要很縝密的觀察，但如果眞有心要做，只要時間和耐性，不管是誰都可以做出具有一定水準的成品。直到創造者超越過某一個界線，不單單只是模仿原型，而會進一步加入個人的意志。這應該會被稱爲『變形』吧，這樣的作品就會表現出作者的想像力。換言之，想像會追求眞實，一如眞實會找出想像。懂嗎？是啊，如果就這種意義上來看，模型果然跟作家是相同的吧。不過……說是這麼說，並不代表身爲一個作家的我，眞的有從創作模型中學到有關作家的東西。」

「爲何您會想要製作範本，就是去進行模仿的慾望呢？」儀同問。

「一開始，我只是單純的佔有慾作祟。只要是喜歡的東西、漂亮的東西、美好的東西，我就想把它放在自己身邊。不過，當它們本身是買不到，已經消失，或是正在消失的東西時，我會想把它保留下來。雖然我這想法，也許跟別人拍照繪畫的動機相同，不過，畢竟模型還是立體的，我必須在製作的過程中，看見本來看不到的東西。正因爲必須徹底執行這點，製作便要花很多時間，包含著模型……不……應該可以將這點說是所有創作的理由吧。所以，講到這裡，已經稍微偏離了創作當初的動機，變得不一樣了。以佔有慾爲中心的動機，畢竟還是跟製作那種感覺是不同的。因爲，當模型一旦完成後，我就有如大夢初醒，已經覺得厭煩了。這個想法很矛盾吧?完成的作品竟然不能滿足我。就算是端詳著成品，也只是用來回味製作過程中的種種感觸，就某種意味而言，在完成的作品中，原來也只剩下回味這種功能罷了。只有在製作的過程中，才能讓人眞正找到擁有的感覺。怎樣?妳能了解嗎?」

「我是了解，不過還是拜託您能再針對製作必須執行的那點作更具體的陳述。」

「這樣啊……如果用簡單的話來還原的話，這是一種愛的行爲。」大御坊拿出香菸點上，然後朝喜多和萌繪瞥了一眼。「工作的時候就跟做愛一樣，完成之後，哪還能剩下些什麼？小嬰兒？還有其他的嗎？總之，就只有小嬰兒吧？不過，這並不是我們想要的吧？行嗎？這個譬喻會不會太過露骨啦？」

「不會。」世津子一本正經地搖搖頭。「您剛才這番話，我認爲很切中要點。您在寫小說時，也是抱持著這樣的想法嗎？」

「當然囉。」大御坊點頭。「不管是對完成的作品，還是對已經出版的書，我不但完全沒興趣，也不想去知道別人有怎樣的評價。在我心中，只要它們能自由成長，在社會上一展鴻圖，我就很滿足了。這樣的感覺就像是對孩子一樣。簡單來說，我所追求的，是創作的行爲，而非創作出來的東西。啊，創作的創，就是創平的創嘛。」

「原來如此。那要用您現在這句話來作標題嗎？」儀同邊記著筆記邊說。

「咦？哪句話？」

「就是『我所追求的，是創作的行爲，而非創作出來的東西』這句。」

「那句不行啦……不覺得很老套嗎？」大御坊搖頭。「如果是拿來給笨讀者看的話，這樣應該剛好吧？唉呀，我現在這句話不能寫上去喔。」

「原來如此。」儀同手中的自動鉛筆輕靠在唇上，面有難色地說：「那麼您讓讀者讀的，不就是像排泄物一樣的東西嗎？」

「嗯嗯。」大御坊輕描淡寫地回答，「妳滿清楚的嘛。眞不愧是創平的妹妹。」

「那樣一來……實在有點……該怎麼說呢……未免太……」

「是啊……這個問題就有點危險了，還是別太深入比較好。如果像模型一樣，完全只是個人化的興趣，這樣講倒還無妨，可是像小說是屬於有對象的商業作品。商業中自有一套不知該說是妥協機制，還是服務精神的規則，總之，就是有某種人為的東西夾雜其中，跟自己的感性相反的機能，一點一滴地滲透進去。由於這基本上算是娛樂事業，所以會有這樣的機制也是無可厚非。為了不讓它看起來像排泄物，所以必須要下工夫修飾門面，結果就意味了會有更骯髒的東西混進去……啊，不行，這段還是不能用。該怎麼辦？這一段剪掉好了。」

萌繪還是第一次聽到大御坊安朋說這麼多話。他所著作的小說並非萌繪喜愛的懸疑小說，盡是普通的純愛小說，可是萌繪都有拜讀過。

喜多坐在沙發附近的桌子上，默默地聽著朋友說話，臉上露出欲言又止的表情。

牆壁上掛的古董圓形時鐘的時刻，此時已過了四點。

4

在那之後，喜多馬上就一個人回去了。在禮堂舉辦的模型展示交換會，雖然在五點就宣告結束，不過幾乎要塞爆走道的人潮卻是遲遲不肯散場。儀同世津子順利地完成採訪大御坊安朋的任務，並且用單眼相機替他拍了幾張照片。拍完大御坊安朋，世津子只拿了照相機就離開了房間，看起來像是要去拍幾張會場的照片。萌繪本來想問她到底是付了兩千圓入場，還是繳一千五百圓加入地球防衛軍，不過後來還是忘了。

原本，西之園萌繪跟母親方面的親戚見面機會本來就少，尤其在父母雙亡後，就更少來往了。現在，她終於能跟好久不見的表哥坐在準備室的沙發上好好聊聊。萌繪小時候所認識的大御坊安朋，是個溫柔的青年，以前她每次跟母親去大御坊家時，安朋就常常陪她玩。以萌繪對他的綜合評價來看，他在親戚之中，算是頭腦特別聰明的人。

「才一段時間不見，樣子就成熟不少了呢，小萌。」大御坊一邊抽著細長的香菸一邊說：「你是在犀川的研究室嗎？」

「嗯，因爲犀川是父親的門生。」

「原來如此……妳難不成有戀父情結？」

「我嗎？才沒有呢。」萌繪搖頭。

「是嗎？」大御坊露出微笑。

「是的。」

「囉唆的姑姑還在吧？」大御坊像是要回憶似地抬頭仰望。「她叫……」

「你是指睦子姑姑嗎？她現在一樣還是很囉唆。」

「她一定有幫妳作媒吧。」

「算吧……雖然沒有每天啦。」

「我家排行最大的大姐也是這樣。能達到她們那種境界，眞可以稱得上是一門哲學了。已經超過興趣的領域吧。該說是超興趣嗎？這比工作還要叫我感到棘手呢。」

安朋的姊姊大御坊香織，也是個正在向自己究竟能在地球上成就幾對佳偶的難題進行挑戰的女人。

「最近弟弟們都變成犧牲品了。」安朋還有兩個年紀和他差滿多的弟弟，兩人都比萌繪要大個幾歲。

「啊，對了，講到香織姊……她以前曾有一次透過我向喜多老師作媒呢。」

「哦……」大御坊抬起頭，面露喜色地說：「那個相親是誰拒絕的？」

「是喜多老師，但是請你要保密喔。」

「什麼嘛，眞無聊。」大御坊嘟起嘴。

這時門被打開，儀同世津子回到房間裡。她將照相機塞回袋子裡。

「眞是非常感謝您，大御坊先生。」她向坐在沙發上的大御坊低頭行禮。「我先告辭了。大概下周末時，我就會寄校正稿給您，到時能否請您幫我看一看呢？」

「喔喔，當然好啊。」大御坊點頭。「妳也辛苦了，儀同小姐，下次我們利用工作以外的機會好好聊聊吧。」

「好的，非常感謝您的好意。」

「那，儀同小姐，我送妳到車站去。」萌繪站了起來。「小寶寶還在等妳呢，要早點回去才行喔。」

「不用麻煩了，不好意思，我已經叫計程車了。」儀同拿起袋子說：「西之園小姐，今天眞是謝謝妳幫我這麼多忙。」

萌繪一直陪儀同世津子走到公會堂的一樓。在正面玄關看著她坐上計程車後，又再次搭電梯回到四樓。模型展示交換會已經結束。前廳中央的櫃檯附近有工作人員正在收拾善後。喇叭裡傳出呼籲參加者趕快回去的廣播聲，前廳的人潮卻似乎沒有想移動的意思。萌繪穿梭於人群之中，在通道上一直前進，再次進入位於通道深處的準備室。

她想跟大御坊安朋先打聲招呼後，自己再回去。

在準備室裡，有幾個像是工作人員的男子，正忙的不可開交，整個氣氛也爲之一變。剛才擔任科學小說的角色扮演的美女模特兒回來了，正躲在房屋角落的屏風後面。大御坊正和一個眼鏡男談話。當看到萌繪時，大御坊和那個男人一瞬間就不太自然地沉默下來。那個人就是剛剛拿著照相機和三腳架出去，跟犀川氣質相似，名爲寺林的男子。

他們兩人一言不發地凝視著萌繪有數秒之久，讓萌繪覺得很奇怪。

「安朋哥，我要先離開了。」萌繪跟她的表哥說。

「啊，小萌呀，不好意思，可以請妳再等我一下嗎？」

被這樣一問，她也不好回去了。無可奈何之下，她走到相反側的窗邊，眺望著窗外。她所站的位置是北側，正下面就是停著她車子的停車場。有很多人抱著行李，往新幹線的方向走著。從這個高度，連高架橋上的月台也可以看的很清楚。

大御坊和眼鏡男寺林還在講著悄悄話。好幾個人抱著紙箱匆匆忙忙地進出房間。

過一會兒後，那女子從屏風後走出來。身穿毛衣和迷你裙的她，走到萌繪身邊，坐在椅子上，開始穿起鞋子。

「妳也是工作人員？」當她穿上一隻鞋時，看著萌繪問這個問題。當時，他們並沒有靠得很近，大概距離兩公尺又五十公分左右，所以萌繪起先並不認爲是在問她。不過，她眼神直盯著萌繪瞧，詢問萌繪的態度很明顯。

「不，我不是。」萌繪搖頭。

「有沒有菸？」那女孩用獨特的語調說。聽在萌繪耳裡，令萌繪不禁產生似曾相似的感覺。對了，這跟機器人的發聲方式很像。

「沒有。」萌繪又搖了一次頭。

正在工作的一個男人，聽到她的話後，便從口袋裡掏出菸向她們走近。

「啊，那個不行。」她瞥了那菸盒一眼後說：「我去找別的牌子的。」

因爲不太想跟她牽扯上關係，萌繪壓抑了自己對她產生的想法感受，轉向西側的窗邊，假裝在眺望窗外的風景。

後來，那女性在兩三次的對談後，穿好鞋子，披上長外套，走出了房間。有幾個男人跟在她後面也飛奔出去。

房間裡只剩下大御坊和寺林，以及萌繪三人。大御坊從沙發上起身，走向窗邊的萌繪。

「小萌呀，我……有點事想拜託妳幫忙。」大御坊小聲地說。

「車子吧？好啦，你要去哪我都送你。」萌繪微笑以對。

「不，不是這個，是不一樣的事。」大御坊安朋像有難言之隱般，話在這裡就打住了。

「那是什麼事？」

「我以前就沒拜託過小萌任何一件事，對吧？」

「嗯，是啊……請問發生什麼事了？安朋哥，怎麼突然這麼嚴肅……」

「明天可以給我一小時嗎？」

「明天……嗎？可以啊，因爲是星期天嘛……」萌繪一邊思考著這究竟是在說什麼，一邊回答。

「反正妳想要什麼都可以，我都會買給妳的。」

「我又沒有特別想要的東西。」萌繪苦笑著，心中有不好的預感。「請問是什麼事？」

大御坊往屏風所在的方向看，萌繪也跟著轉向那邊，接著立刻又看向大御坊。

「不會吧……難道是那個嗎？」

「是啊……」大御坊在嘴前雙手合十後點點頭……這可不是要開動的動作。

「眞傷腦筋。」萌繪搖頭。

「我當然也是這麼想。不過，我只能拜託妳。明天絕對不能沒有展場的模特兒，因爲電視台和報社都會來採訪。」

「那會讓我更頭痛的。對了，剛才那女孩到底怎麼了？」

「她生氣了。」大御坊避重就輕地回答，撇了撇嘴角。

「爲什麼？」

「這個嘛……」大御坊誇張地張開雙臂，聳了聳肩。「我不知道。女孩子的心情我哪會了解。」

「安朋哥，抱歉。我對那種事完全不行，請容我拒絕。」

「才不會不行呢，如果是小萌的話，我保證一定非常適合。我一定會讓電視台和報社不知道妳是誰，好啦……只要那個時候戴面具就行啦。啊，這點子不錯呢，就戴著面具上場吧，絕對不會有人知道妳是誰。」

「等一下，我指的並不是這個問題。」

「拜託拜託啦。」大御坊幾乎要碰到她了。「這問題攸關我們的美學意識，是非常重要的事。用其他的人代替就沒辦法這麼有效果了。是的，妳是被選中的女性。如果我是女的，我就會很高興地接受。」

「就算不是女的也可以接受吧？爲什麼男的就不行呢？我倒認爲安朋哥如果做那種打扮，一定很不錯。」

「那樣不行啦。這可是娛樂事業喔。」

「不好意思，我也想拜託妳。」本來坐在沙發上的寺林，戰戰兢兢地走了過來。「抱歉這麼慢才報上名字，我姓寺林。」他雖然報上名字，但因爲之前大御坊有叫過他，所以這萌繪早就知道了。「我是人物模型相關社團的成員，在這次展示會裡擔任工作人員。」

「我拒絕。」萌繪馬上回答。

「這個……」看起來很懦弱的寺林微微低下頭，面紅耳赤。

「寺林，不好意思，可以請你先出去一下嗎？」大御坊用溫和的口吻說：「我來說服她就可以了。」

「我才不會被說服呢。」萌繪雙手在胸前交叉。

寺林走出房間後，大御坊用動作示意萌繪，請她一起在沙發上坐下。她也不喜歡逃避，只好無可奈何地順著他。

「安朋哥，不管你怎麼說都沒用的。我絕對不要穿那種衣服。」

「爲什麼？」

「你問我爲什麼……」萌繪坐直身子。「因爲很不好意思。」

「爲什麼會不好意思？」

「就是會不好意思啊。」萌繪交疊雙腿。「不好意思還要有理由嗎？」

「當然需要囉。」大御坊一臉從容，微微地抬起下巴。「沒有人會毫無理由就感到羞恥的。羞恥這種情緒，是因應社會而生，非常高等複雜，而且只有人類才有的情緒。唉，妳到底是因爲誰感到不好意思？還有，爲什麼不能做不好意思的事呢？爲什麼一定得避開呢？能不能請妳爲我好好說明一下？如果我能夠理解小萌所採取的態度的話，一定也會放棄說服妳的。」

「那沒有理由。」

「但是，沒有理由就去做可是很野蠻的喔。」

「沒辦法，我就是被灌輸對穿那種服裝應該感到羞恥的觀念。畢竟我是在那樣的環境下長大的嘛。」

「這樣的話，那妳可以藉著這次的機會，擺脫這種沒有意義的束縛，沒有理由的幻想，如何？這可以讓妳得到解放喔。妳也許能得到以往從未體會過的自由呢。不，我想一定是可以的。」

「我不想得到解放。」

「唉呀，妳竟然會說出這麼膽小的話。到底有什麼把妳給綁住了？只有在安穩的保護之下，妳才能保有自我嗎？妳在依賴什麼？害怕什麼？得到解放時，難道會破壞些什麼嗎？」

「我……才沒有害怕，才不是這樣。我只是不相信穿上那種不知廉恥的衣服，就會得到解放而已。」

「妳試看看就知道了。」

「等一下，你故意轉移焦點。」

「沒有，我們正在問題的核心。總之，能夠得到某種解放的確是事實。妳看，我自己就嘗試過了，是有證據的。妳明明就沒有試過，爲什麼可以說得出這種結論呢？」

萌繪感覺情況不妙。如果是其他男人就算了，可是大御坊安朋也許就正如他自己所言，是個徹底實踐「從束縛中解放」的人。

「嗯嗯，我認爲安朋哥是很棒，不過，我也有我的生活方式。」

「不行，妳這句話才是偏離主題。」安朋微笑以對。「沒有人說要改變妳的生活方式啊。勉強拜託妳在短短的一小時內做一件只有妳能勝任的工作的人是我們。妳如果要用跟整個人生有密切關係之類的理由拒絕的話，我會一直反駁妳的。好啦……我們彼此冷靜地談談吧……」

「嗯嗯……」萌繪嘆口氣說：「再爭論這個也沒有結果的。」

「是啊，就是這樣沒錯。這根本不是什麼嚴重的事嘛。也只有一個小時啊。好不好？」

在此之後，爭論又延續了三十分鐘。萌繪漸漸地變得沉默，只剩大御坊還重複地丟出一個接著一個的大道理。等到萌繪發覺一開始跟他爭論就是個錯誤的決定時，已爲時已晚。萌繪徹底慘敗，因爲體力方面根本贏不過大御坊安朋。她只好答應了。當她頂著昏沉的頭腦，在陰暗的停車場內坐上冷冰冰的座椅時，心裡充滿了就算天塌下來也無所謂的無力感。

這次讓她上了一課，就是學到了大御坊安朋的舌燦蓮花和工於心計。的確有銘記於心的價值，也許某天她也能派上用場。當想到這裡時，萌繪覺得有些可笑起來。

仔細想想，萌繪居然爲自己如此頑強的抗拒，感到不可思議。也許，和大御坊安朋的這番爭論，已經讓她得到所謂的解放了。

喜多副教授明天不會來。會場也應該不會有認識的人。就算眞的有，只要戴上面具就看不出來了。但是電視台的拍攝她一定要拒絕，公開播放畢竟很危險……這層顧慮很自然的浮現腦海，不過萌繪並無法明確地指出到底是什麼在危險，又爲何會危險。

她緩緩地開動車子。道路兩旁一字排開的橘色街燈美得跟奇蹟一樣，讓她不由得放慢車子的速度。

5

下午六點，大御坊安朋在位於那古野公會堂南方約五分鐘步程的餐廳「馳」用餐，同桌的包含大御坊自己共有四人。跟他同桌的人，依照年齡的順序是長谷川、筒見、遠藤三人，他們每個都是六十歲左右的老人，只有大御坊一人顯得極為年輕。只要是主辦展示交換會MODELERS SWAP MEET的社團成員的話，沒有一個不認識這三位男士的，因為這三人都是全國知名的資深模型師。

筒見豐彥是大御坊所屬的鐵路模型社的社長，同時也是M工業大學的教授。事實上，他就是今天在攝影會上惹出麻煩的模特兒筒見明日香的父親。不過他自己並沒有到會場，大御坊也沒有特別跟他提起明日香擔任模特兒一事。因此，他應該不知道自己的女兒今天發生的事情。

拜託筒見明日香擔任模特兒的是大御坊安朋，同時也是很多模型迷熱切的盼望。大御坊跟明日香的哥哥筒見紀世都是熟識的程度。身為人物模型界首席模型師的紀世都，也是赫赫有名的頂尖人物。

「這種東西似乎不太常有。」筒見豐彥輕輕撫摸著往後梳的白髮說：「再說，最近有點無法理解它的發展方向為何。」

「嗯嗯，那也是沒辦法的事。」最年長的長谷川貞生點頭。他頭髮幾乎沒了，癟了癟厚唇。長谷川是製作實心模型者的第一人，總是用木頭作飛機這點充分展現他專業的執著。「筒見老弟指的是人偶模型吧？人偶模型到底能不能說是模型的一種，畢竟還是有很多疑問存在。因為人偶模型的成品大部分都沒有設計圖，材料也不是使用木頭。」

「材料是新的，做法也是新的。現在是連家用電腦操控『擴孔鑽』都已經出現的時代啊。」雕刻製作者的遠藤彰說。他花白的頭髮，口邊留了短鬍子，是三個人之中看起來格調最高雅的。遠藤是私人醫院的院長，也是以鐵路模型為主的模型師，他和筒見豐彥以及大御坊安朋是同一個社團的。只不過他的專業是使用黃銅做金屬製品，以前都是致力於精巧的鐵路擬眞模型製作上，可是直到最近，他也開始往鐵路模型之外的領域發展。

「現在強調做法簡單的簡易模型組（easy kit）的人與日俱增，就像電動工具一般普及了。這現象還眞是不可思議啊。」筒見說：「我以前還一直以爲模型會因爲被其他娛樂活動排擠而從市場衰退下來呢。」

「的確是在衰退啊。」長谷川說。

「不，我認爲這市場將會是個被集中在少數精英型模型迷身上的時代。」大御坊邊喝咖啡邊說：「這也意味著我們即將可以跟歐美並駕齊驅了，是吧？」

「好啦，差不多該到我家去坐坐了吧。」筒見豐彥從口袋中掏出懷錶邊看邊說：「很久沒聚一聚了，我也有好多東西想給你們看看。等我一下，我先去打個電話。」他起身離開了座位。

筒見家就在他所任教的M大附近。距離這間餐廳也不遠。大御坊曾去筒見家拜訪過一次。那時筒見豐彥很自豪的作品－鐵道模型中的觀賞用造景。雖然還有一部分沒完成，不過由於打造的很精巧用心，令大御坊安朋產生很濃厚的興趣。

筒見打完電話回來後，四個人就走出了餐廳。

「我要先去公會堂一下。」大御坊對其他三人說：「我想他們應該還在收拾，而我還要爲明天做詳細的事前確認。」

「你知道到我家的路嗎？」筒見教授問。

「大概吧。到時如果眞的迷路了，我再打電話過去。」

「那我就先告辭了。」長谷川說。

他應該是對鐵路模型沒興趣吧。筒見露出遺憾的表情。畢竟是他邀請長谷川貞生參加這次的聚會，因爲長谷川專長的領域和他們不太一樣。

長谷川舉起一隻手道別後，就朝跟筒見家相反的方向走去。現在時間才過下午六點不久，太陽卻已經完全下山。在噴水池附近眾多情侶的側目下，大御坊穿過鶴舞公園中央，橫切過鋪著草皮的廣場，朝公會堂前進。

正門的門已經關上，只有公會堂最右邊位於警衛室旁的那扇門是打開的。透過玻璃窗往燈火通明的警衛室裡瞧，可以看見有兩個穿著制服的老人在喝茶，他們完全沒察覺到大御坊的存在。本來大御坊想出聲提醒他們，但又怕麻煩，決定就這樣繼續保持沉默地通過，走入黑暗的前廳。電梯門還是開著的，他踏進明亮的電梯廂，按下四樓的按鈕。

四樓的前廳也很暗，暗到必須拿手電筒才行的地步。只有通道上發出的最小限度亮光的照明燈。這個微弱的燈光，沿著通道一直延伸到前廳。於是大御坊穿越過前廳，順著西側筆直的通道前進，直走到盡頭的準備室前，他完全感受不到有任何人存在的氣息。

當打開高大的木門要往室內探頭進入的時候，刺眼的光讓他遲疑了一下。

房間內的兩個男人回過頭來。其中一個是留長髮的高個子青年，筒見紀世都。他就是剛才跟大御坊一同吃飯的筒見教授的長子，也是筒見模特兒明日香的哥哥。

「啊，筒見，我才跟你爸吃完飯過來。」大御坊對他說：「等下我還要到你家去打擾。」

「聽說我妹妹給你添麻煩了。」筒見紀世都說。雖然因爲逆光而看不清楚，但這個青年表情是幾乎沒變。

「是這樣沒錯。不過，這也是沒辦法的。」大御坊聳聳肩。「我已經找到替代的人了，不要緊的。」

「眞是不好意思。」說歸說，紀世都並沒有點頭。

另一個人，是個大御坊不太熟，矮個子蓄鬍渣，四十幾歲的男人，姓武藏川。他是今天下午坐在會場入口櫃檯的人，和寺林是同屬一個人物模型社的夥伴。大御坊對那個武藏川點頭致意。

「寺林回去了嗎？」大御坊問。

「要找他的話，應該是在對面的準備室裡工作吧。」武藏川回答。

「工作？」

「嗯，寺林在搬運時把作品弄壞了，現在正在進行修復。所以我想他大概還在吧。」

大御坊關上門，回到通道上。在建築物的東北角，也有同樣大小的準備室。雖然與紀世都所在的準備室，在直線距離上是非常相近，但因爲建築設計讓人無法橫越禮堂，所以必須先回到通道，橫越位於建築物南方的前廳，再走過位於禮堂東側；另一條筆直的通道才行。而這條路線剛好形成一個凵字型。

打開東側通道盡頭的門，這間準備室的家具陳設也幾乎和西側的一模一樣。他在房內右邊角落的桌旁發現寺林高司的身影。他正一個人彎著背在工作。

「啊，大御坊先生。」寺林朝他這裡看來。

「你在做什麼呀？就算有什麼地方壞了，也犯不著在這種地方修嘛……」大御坊走近他。

寺林一隻手握著兩隻面相筆，面對著桌上的女性人偶模型。這是今天下午明日香所扮的角色，也是明天西之園萌繪要扮演的女戰士模型。大御坊並不清楚這人物是寺林自創的，還是某部卡通或遊戲的角色，畢竟他對人偶模型領域還是一知半解的程度。

「如果燈光能再亮點就好了。」寺林抬頭看向天花板，很神經質地嘆了口氣。「這種如果不馬上修，總會覺得很不甘心，而且這個明天大概會上電視吧。」

「還要弄很久嗎？」

「不，馬上就好了。」

「做的真好耶。全是雕刻出來的嗎？」大御坊將臉湊近模型說。

「當然是囉。」寺林點頭。

「有買家嗎？」

「沒。」寺林放下筆，點起香菸。「這是非賣品。」

「大概值個四十萬吧？」大御坊改變角度觀察模型。「嗯，應該可以更高。八十萬如何？」

「我想要做更大的。」寺林微笑說：「可是角色很難做。」

這時門打開了，鬍渣男武藏川探頭進來。

「寺林，我們要回去囉。我們已經鎖上另一邊的房間了，可以嗎？」

「可以。」寺林點頭。

「鑰匙我拿了。」武藏川說：「我明天會第一個到。」

筒見紀世都蒼白的臉龐，出現在和他身高差不多的武藏川後方。

「我等下要去筒見你家，就一起走吧。」大御坊對紀世都說。

「我……等下剛好有事，不會回家。」筒見紀世都面不改色地說。

「什麼嘛……」大御坊呼出一口氣。

武藏川和筒見兩人關上門後，大御坊跟寺林針對明天的流程作再三的確認。

「那麼，我也要先回去囉。寺林，拜託你查看電器和燈光。香菸也要記得熄掉喔。」

「嗯，我會小心的。」寺林再次拿起筆，搖一搖塗料的小瓶子。「還剩一點就完成了。」

「警衛來的話，一定會說這裡都是油漆的臭味，到時被責備我可不管喔。」

寺林露出苦笑。

大御坊舉起一隻手道別後，走近門口。

「啊，大御坊先生。」

「嗯？」他停下腳步。

「請問她……大御坊先生的表妹……」寺林面紅耳赤地說，動作僵硬地推了推眼鏡。

「喔喔，你是說小萌？」

「她是叫什麼名字？也是姓大御坊嗎？」

「不，是西之園。她叫西之園萌繪。」

「哦……」

「怎麼了？」

「不，沒什麼……」寺林低頭看自己的作品。

「跟寺林你心中的形象不合嗎？」

大御坊之所以這麼問，是基於西之園萌繪要扮演的角色是他創造的的想法。

「不，才沒這回事。」

大御坊默默地回以微笑。但寺林並沒有看著他，只是手拿著筆，注視著眼前的模型。

「那先走囉。」

大御坊走出房間。他走過陰暗的通道，搭電梯到一樓。走出前廳時，他往仍然亮著的警衛室看了一眼，那些老警衛仍然沒注意到他的存在。不禁令他懷疑他們有沒有盡到身爲警衛的責任。

踏上公會堂門外的階梯，他就著夜燈的亮光看了手錶，時間是七點二十分。

接著，大御坊往鶴舞公園的方向緩緩走去。當他繞過廣場上的噴水池時，有一個走在另一邊的女子引起他的注意。她朝著跟大御坊相反的方向，往公會堂以及車站所在的區域走去，是穿著長外套和長直筒裙的筒見明日香。大御坊停下腳步，眼光跟隨著快步離去的她有好一段時間。

6

兩小時後。

很多紅色光線在M工業大學工學系研究大樓前迴轉著，以水泥牆爲銀幕，映射出如彗星般四處飛繞的躍動式運動行徑過程。愛知縣警局搜查一課的刑警鵜飼大介和近藤健趕到現場時已是晚上九點半，距離報案時間又過了三十分鐘。

這棟研究大樓是東西向建築，中廊左右兩側都是一整排到底的起居室。不管是一樓中央前廳的出入口或是建築物東西側的逃生用樓梯出口，都沒有上鎖；因爲沒有警衛，所以即使是半夜也能自由進出。雖然校門口有兩個警衛，但除了正門外，M工業大學還有三個入口，也沒有安排警衛留守。命案現場是在研究大樓三樓西邊的一間向北的房間裡，那是一間由起居室改建而成的實驗室。現在時間還沒到晚上十點，應該還有很多人在校園逗留，停車場內也有不少的車子。

研究大樓三樓那個方角，總共有六個房間是屬於河嶋副教授的研究室。因爲星期六的關係，所以在案發當時，除了命案現場，其他五個房間都沒人使用。因爲這五個房間正好將發生命案的實驗室圍住，所以就算在同一層樓有其他同學，也不會接近此區。更不會有人察覺到這裡任何可疑的聲音。此外，也沒有傳出有人目擊到任何可疑人物的消息。

發現死者的是河嶋副教授本人。晚上九點，他回到自己的辦公室（在實驗室斜對面南側的房間）。當時他想進入實驗室關掉電源，卻發現實驗室被鎖住了，於是河嶋副教授使用保管在自己辦公室書桌裡的備份鑰匙來打開實驗室。

死者是被分發在河嶋研究室的研究生上倉裕子，年方二十五。就讀碩士班二年級。她本來預定要在明年四月繼續唸博士班的。根據河嶋副教授的說法，晚上八點時，在上倉裕子的實驗室和她打過照面。她當時表明是在等一個名為寺林高司的研究生（寺林高司是在職進修的研究生，年齡三十三歲）。寺林高司目前尚未回到他所居住的公寓，正仍無法取得聯絡。

實驗室格局是一比二的長方形，有兩個門通往走廊。兩個門之間，排著水龍頭、流理檯、冰箱、餐具櫃、電子微波爐，牆上還裝著電話。靠近走廊那面牆角擺著置物箱和不鏽鋼櫃，櫃子上堆著空紙箱。實驗室中央有個大實驗檯，是這裡最主要的實驗設備，而天花板上用來換氣的大型抽風機口是啓動的。另外在房間兩邊也排著桌子，桌上放著大小不一的測量裝置和實驗用品的小架子。窗邊的低矮不鏽鋼櫃裡資料夾塞得滿滿的，這間實驗室裡的東西已經將任何縫隙都塞滿了。

上倉裕子是仰臥在實驗室東側，也就是從走廊往內看是右手邊的門進去約三公尺處的地板上。她身著棉質運動上衣、長裙、運動鞋，還有實驗用的白袍。她的外套和皮包就放在實驗室的另一邊，陳屍處對面牆角的置物櫃裡。

目前看來並不像是為財行兇的。眞正死因現在尚未查明，死者頸部殘留很醒目的勒痕。旁邊有一把椅子倒下，地上有散落的碎片，可能是從桌上摔落的菸灰缸和白色的瓷器。不過從房間其他地方完全沒異狀這點，可想而知當兇手進來時，死者並不認為他是可疑人物。最後值得注意的地方，就是這個實驗室兩邊的門都被鎖上了。

首先，通往走廊的其中一扇門是可以從外面鎖上的類型，而這扇門和被害者陳屍地點位於相反的方向。從走廊上的角度，是位於左手邊的門。另外一扇門，是只能從室內鎖上的類型，就是將門把的橫桿往旁邊放倒後就能鎖上的那種舊式門鎖。只要是在門打開的情況下把橫桿倒下並上鎖，門便關不起來了。左手邊那扇門是電子鎖，沒辦法輕易複製備份鑰匙。河嶋副教授表示，鑰匙全部有三把。其中一把在他辦公桌的抽屜裡，河嶋副教授就是用這一把打開實驗室的；一把是放在倒在室內的上倉裕子白袍胸前的口袋裡；至於剩下來的第三把，河嶋說是學生都可以拿的。在緊急聯絡過所有學生後，可以確定鑰匙就是在唯一聯絡不上的研究生寺林高司手上，有三個學生都記得他借鑰匙的事。

另一方面，位於三樓的實驗室，朝北的窗戶全是不鏽鋼製的舊式窗戶，所採用的窗鎖是半圓形旋轉式的。每個窗子都因爲生鏽而變得非常難開。窗外也沒有可以供人站立的突出物，而研究大樓總共有五層樓，所以從屋頂下來也有一段距離。在建築物附近，也沒有高大的樹木。這樣的環境，兇手要從窗子出入是不可行的推測，但是爲了愼重起見，搜查員還是搜查了研究大樓北側的地面。

第一發現者河嶋副教授供稱，他在發現上倉裕子的屍體後，便立刻使用實驗室內的電話報警。之後他就一直待在實驗室的入口附近，那時在同一層樓的幾個研究生，也有出來到走廊上。所以，可以確定在警方趕到之前，現場是保存良好的。換言之，如果河嶋副教授所提供的證詞是可以信任的，那麼兇手先躲在室內再趁門打開時逃走的假設，可能性幾乎是零。

正因爲是這種狀況，所以非得趕快找到被認爲拿著第三把鑰匙的寺林高司，並加以質詢不可。但是當警方到達寺林的公寓時，他卻還沒有回家。

實驗室裡沒有殘留任何可疑物品。上倉裕子放在置物櫃的皮包裡，放著印有日期是今晚七點十分的發票。此外，發票上顯示的兩個新優格還放在冰箱裡，至於便當已經被吃完，放在牆邊的桌上。河嶋副教授證實最後一次看到上倉裕子時，這個便當也放在同樣的位置上，只不過當時包裝還沒打開。鵜飼心想，死者在剛吃完便當還來不及收拾時，就被兇手從後面偷襲的可能性很高。

當鵜飼想到要喘口氣時，手錶顯示已經是晚上十一點半了。

「鵜飼前輩，要不要打電話給西之園小姐？」近藤一邊在走廊上放菸蒂的容器邊緣敲著香菸，一邊問鵜飼。

「爲什麼？」鵜飼問。他也拿出香菸點上。

遺體搬出去後，整個實驗室變成鑑識課的大作業場。到這時，他們兩人才有抽根菸的空檔時間。

「你看，那不就是個密室嗎？」似乎覺得很有趣的近藤，聲音像小孩子一樣高昂不說，就連臉也是圓滾滾的娃娃臉。

「這馬上就能搞定了。」鵜飼搖晃著壯碩的身軀說：「剩下來的鑰匙還有一把，而拿著那把鑰匙的傢伙目前又下落不明。條件都已經齊全了，接下來只有找到那個人，就能一口氣結案了。」

「不過那把老師的鑰匙，也是可以用的啊。」近藤往旁邊轉了一下頭說。

「河嶋副教授嗎？」鵜飼斜眼瞪著這個後輩，將煙吐出來。「怎麼會？他的房間可是也上了鎖喔，照理應該不能用吧。」

「河嶋副教授的辦公室有幾把鑰匙？難道也有三把嗎？」

此時傳來了電話聲。

「這個嘛……等下再去確認吧。」鵜飼把剛點燃的香菸熄掉。「反正不管是怎樣，這絕不會是西之園小姐有興趣的案子。」

從門敞開著的實驗室裡，鑑識課的竹田探出頭來。

「鵜飼先生，來一下。」竹田招手說：「是電話喔。」

「誰打來的？」

「好像是被害者的朋友。」

「男的？」

「不，是女的。」

鵜飼進入室內。裝在牆上的電話的聽筒，是由雙手戴白手套的竹田交給他的。鵜飼手上沒戴手套，剛剛抽菸時脫下來了。

「啊，糟糕！這樣可以嗎？」

「可以，已經結束了。」竹田點頭回答。

「喂。」鵜飼對著聽筒說。

「您好。」很纖細的女性聲音。

「請問妳是？」

「我是井上。請問……上倉小姐呢？」

「我是愛知縣警局的人。」鵜飼緩緩地說：「妳是上倉裕子的朋友嗎？」

「是的。到底發生了……什麼事？」

「這裡……發生點事情……不好意思，可以告訴我妳的電話和住址嗎？」

鵜飼拿出筆記本，把這個女子所說的一五一十地全記了下來。

「妳為何打電話來呢？」

「請問……上倉她怎麼了？受傷了嗎？」

「很遺憾，她已經去世了。」

「咦？」

「我很遺憾……」

「怎麼可能……」

「嗯，我不能說的太詳細。現在我們正在調查。不好意思，我可以問妳一些問題嗎？井上小姐，你知道上倉小姐人在這裡嗎？」

「啊，不是……嗯……因為……上倉她……一直都沒來……」女子的聲音有點變小。也許是因為正在哭的關係，變得有點語無倫次。

「都沒來？上倉小姐跟妳約好要去找妳嗎？」

「是的……她是這麼說的。」

「什麼時候約的？」

「嗯……在前一通電話裡……」

「那是幾點打的電話？」

「這個嘛……嗯……我想應該是……九點前吧。」
「上倉小姐是在哪裡打電話的？」
「就在那裡，在大學實驗室裡。」
「我知道了。對了，井上小姐，我們可以派警察去府上打擾嗎？」
「咦？現在馬上來嗎？」
「是的，希望妳能協助我們辦案。」鵜飼慎重地說：「就在這附近嗎？」
「嗯嗯，就在附近沒錯。」
「愛知縣警局一個名叫近藤的警察會去接妳。非常抱歉，可以勞煩妳跑一趟嗎？只要大概一個小時就好了。」
「好……」
「那麼，待會見……非常感謝妳的協助。」鵜飼將話筒掛回牆上。「近藤！」
「是的！」近藤刑警從走廊探頭進來。
「馬上把她帶來。」鵜飼將筆記本的某一頁攤開。近藤連忙將寫在上面的姓名和地址抄在自己的記事本上。
近藤帶著另一名年輕警官，快步奔下樓梯走了。目送走他們後，鵜飼敲了下河嶋副教授的房門，獨自走進室內。
「有找到寺林同學嗎？」河嶋副教授看到鵜飼便立刻問。他坐在桌子對面的椅子上，身體面向著電腦，應該是原本正在使用的緣故。

「不，還沒有，都聯絡不上。」鵜飼搖頭。現在寺林高司的公寓，已有三名員警在站崗監視著。

「公會堂那裡呢？」

「那裡我們也聯絡並搜查過了，不過似乎沒有人在。那個不知叫什麼的展示會，聽說很早就結束了。」

當從河嶋副教授那裡聽說，模型的展示會在那古野公會堂舉辦，而寺林就是那個活動的工作人員後，鵜飼馬上就打電話去，並順便叫兩位警官親自跑到公會堂去查。公會堂其實距離M工業大學相當近。當時時間是晚上十點左右。那兩位警官二十分鐘後就回來了。據他們的說法，他們當時雖然有到公會堂四樓去查看，但所有的門不但都已鎖上，也完全感覺不到有任何人的氣息。而當他們向一樓的警衛詢問時，警衛表示所有的人都回去了。至於公會堂的停車場裡，也找不到類似寺林所駕駛的車種。鵜飼將這些細節，都告訴了河嶋。

「那裡的停車場才不會有車呢。」河嶋副教授苦笑說：「那裡停車要錢吧？如果真要停車的話，應該是停在公會堂附近車站旁的小路或是大學裡面才對。只要走一下路就好了，而且這些地方都是可以免費停車的。」

「這棟研究大樓附近，也找不到寺林先生的車。」鵜飼搖頭。

「公寓附近也沒有嗎？」

「嗯……」

「這就奇怪了。」

「請問，上倉裕子小姐和寺林先生……是什麼關係呢？」

「什麼關係……那種事我怎麼會知道。」河嶋又露出苦笑。「雖說是學生，不過這兩個都算是成熟的大人了。尤其是寺林，只比我小三歲呢。」

「兩個男女晚上單獨做實驗……這種事常有嗎？」

「哼。」河嶋從鼻子呼出氣來。「聽好了，刑警先生。只要是兩個人，都是男的，都是女的，和一男一女的組合都有可能啊。而在這三種組合中，又屬一男一女的機率是最高的，不是嗎？」

「上倉小姐和寺林先生感情好嗎？」

「應該是沒有很差就對了，畢竟我並沒有仔細觀察過。再說，我和那兩人的感情也算不錯啊。」

本來低頭在記事本上作著筆記的鵜飼，此刻抬起眼睛，注視著河嶋。「老師，你結婚了嗎？」

「有太太，還有兩個孩子。」河嶋立刻回答，「刑警先生，請問一下，這件事應該不是意外吧？」

「這的確不是意外。」鵜飼搖頭。「是他殺。犯案的是人，不是神。」

後來，他問了河嶋當時的行蹤，並允諾只拿來當參考用。上倉裕子遇害的時間幾乎可以斷定是在八點半到九點間。如果能向剛剛打電話來的被害者朋友井上雅美問個更清楚的話，時間範圍有可能會再縮小。

河嶋副教授的住家距離大學有二十分鐘的車程。他說自己本來已經開到了家門口前，但因爲想起有東西忘了拿，才馬上又折回學校來，往返途中並沒有去其他地方。

另外，河嶋副教授辦公室的鑰匙，確定全部也有三把。他供稱，一把是掛在自己隨身攜帶的鑰匙圈上，一把是爲了出借而放在書桌的抽屜裡，還有一把是由二樓的系所辦公室保管。因此，要是河嶋以外的人要拿實驗室的鑰匙而進入河嶋的辦公室的話，除了用保管在二樓系辦的鑰匙以外，就別無他法了。爲了達成這個目的，就必須先要有二樓系辦的鑰匙才行。雖然這方法聽來有些蠢，不過爲了愼重起見，鵜飼還是把這件事也寫在記事本上。

鵜飼在對河嶋說「你可以回家」後，就回到走廊上。從警局傳來上倉裕子的父母已經要來認屍的消息。上倉裕子是三重縣人，好像在上大學之前都是通車上學的。現在，她則是一個人住在距離學校約十分鐘步程的公寓裡，現在也有搜查員趕到她的公寓了。鵜飼目前的希望，在明天早上的緊急會議之前想辦法找到寺林。

上司三浦警長如同鳥類一般銳利的眼睛，已在他腦海中閃過了。

多虧河嶋副教授忘記拿東西，才能偶然發現剛發生不久的命案。這樣的時間點一般來說，對進行搜查的警方可是不能放過的絕佳機會。今晚必須要將所有的可能性一一過濾才行。想到這裡，鵜飼不禁自問自己到底有沒有什麼地方遺漏了，因爲他可不想再被三浦上司責罵。

在跟鑑識課的竹田談話的時候，近藤帶著井上雅美回來了。是位瘦小的女性，白色的羽毛夾克在她的身上顯得特別寬大。井上跟被害者上倉裕子一樣是二十五歲，在銀行工作。她和上倉裕子是高中的同學。

井上雅美用手帕掩住嘴，表情不安地低著頭，視線也游移不定。

在實驗室隔壁的房間裡，有個很像會議室的一角。鵜飼請她在椅子上坐下後，便開始偵訊。

「妳有來過這棟建築物嗎？」

「不，沒來過。」

「妳能回想起接到她電話的正確時間嗎？」

「是八點半左右，中間講了約十五分鐘，那時我在看電視……」

「妳們談些什麼？」

「實情是怎樣我是不太清楚，不過她有提到同學跟她約好卻爽約的事。因爲時間空下來，所以她打電話給我，說要來我家找我。聽到我說沒什麼吃的時候，還說要買東西來……因此我就在等她……」

「上倉小姐當時有生氣嗎？」

「不，並沒有特別生氣……」

「她要到妳家做什麼？」

「嗯，要來找我喝酒……」

「妳們常這樣嗎？」

「嗯，一個月會有兩三次這樣的聚會。」井上雅美仍然用手帕捂著她的嘴。

「但是，妳打電話來這裡時，已經超過十一點了。妳等到這種時候，不覺得很怪嗎？」

「嗯，我原本也覺得奇怪。一開始，我以爲她去買酒，可能想要去遠一點的地方買比較少見的酒，或是先到別的地方辦完事情後再來……但是，她始終不見人影，時間又很晚了……所以我就想可能是跟她約好的人後來趕到了，現在正在做實驗，所以就……」

「所以怎樣？」

「十一點過後，我有先打電話到她的公寓，可是人不在，我心想她人可能還在學校，就打電話過來看看。」

「妳每次找她都是打電話到實驗室嗎？」

「是的……因爲上倉她總是待在實驗室裡。」

「那麼，妳在跟她講電話時，除了上倉小姐外，實驗室有其他人在嗎？」

「不，她自己說只有她一個人的。」

「最後，她有出現急著掛電話之類的可疑舉動嗎？」

「完全沒有。」井上搖頭。

「妳知道上倉小姐有跟某個男性交往嗎？」

「不知道。」

「但是應該有吧？」

「我想應該是有……她不太會跟我提到這方面的事……」

「妳有聽過寺林這個人嗎？」

「不，完全沒有。」

「那河嶋這個人呢？」

「沒聽過。」

「難道沒有任何印象嗎？當妳聽到她遇害時，有沒有想起些什麼呢？」

「不，我完全……不知道。到底發生了什麼事？」

7

時間已過了午夜，現在是星期天凌晨。除鵜飼以外，現場還有二十個以上的警方相關人士。不過在這個時候，並沒有任何人預測到這次的殺人案會是那麼複雜又不可思議。

從大學實驗室這個場所的性質來看，不太可能是一時起意的殺人。現場只有留下一點點抵抗的痕跡。而當時在同一層樓的人，也沒聽到什麼巨大的聲響。也應該不是強盜殺人案。既然推定犯案時有使用鑰匙，上鎖的目的便是要延遲被人發現屍體的時間，也代表兇手製造了寬裕的時間逃走。不過這點由誰來看，都是一目了然又顯而易見的事情。

司法解剖預定是在星期日上午舉行，不過當資深的河原田法醫一看到遺體，就如平常一樣習慣性地抓抓凌亂的白髮，很肯定地說「這是被勒死的」。兇手並沒有用繩子之類的道具，而是徒手，有可能還帶著薄手套，從前方勒住被害者纖細的脖子。除此以外，沒有其他明顯的傷痕。

很有可能是熟人所爲的命案。身高有一百六十五公分的上倉裕子並非屬於嬌小的女性。從這種情形來判斷，兇手是熟識的男性的可能性很高。

命案現場的實驗室，依照慣例被鑑識課徹底調查過了。當然，最近的案子所取出的絕大部分物品，都運送到警局本部的科學搜查研究室的實驗室裡接受檢查。因此，搜查員大都跟著物品一同回去了，凌晨兩點的實驗室只剩下三個人。剩下的七八個人，依序從研究大樓的走廊、逃生用樓梯、到建築物北側的後院，逐漸擴大搜索範圍。

鵜飼跟近藤一起在凌晨三點時返回愛知縣警局。鵜飼正煩惱要不要先回家一趟時，電話突然響了起來，是還待在現場工作的鑑識課竹田所打來的電話。後來回想起來，那通電話是第一個讓他們察覺到這件案子不單純的警訊。

應該是鵜飼一直都露出無法置信的表情的關係。當他放下話筒時，在旁邊喝著茶的近藤不禁發問。

「怎麼了？寺林那傢伙回來了嗎？」

「不，不是。」鵜飼搖頭。「是找到血跡了。」

「在哪？」

「那個實驗室裡。」

「血跡嗎？咦……有那種東西嗎？」

「聽說是在洗手檯。兩個門之間不是有水管嗎？是那裡產生反應的。他們好像一直調查到下水道的水管呢。」

「竹田先生眞是認眞啊。」近藤打趣地說。

「連那是人在洗手檯流血，還是有人洗手上的血，竹田先生都已經確定了。」鵜飼邊點菸邊說明。

「那是誰的血？兇手自己的？」

「應該是吧。被害者自己並沒有流血。」

「會不會是流鼻血之類的啊？」

「是有那種可能性。」鵜飼大大地呼出一口煙後點頭說：「或許那血跡跟案子完全沒關係也說不定。不管是哪種情形，等天亮之後，再到現場附近搜查一遍吧。」

「早點把兇手找到，工作就可以輕鬆了。」

鵜飼不發一語地坐在摺疊椅上。那把椅子拿來給壯碩的鵜飼坐似乎顯得過於脆弱。每當他稍微動一下身體，椅子就會發出哀嚎般的傾軋音。

「怎麼了？居然會沉思，眞不像是前輩會做的事呢。」

「你很吵耶……」

「好啦好啦。」

「兇手是受傷，還是流鼻血呢？總之，就當作他有在洗手檯洗過血就是了。」鵜飼用低沉的聲音緩緩地說。

「就當作……是什麼意思？怎麼突然說這個？」近藤高聲地問。

「我是在假設。算了，總而言之，就這樣假設好了。兇手在實驗室裡將身上的血洗掉，而且爲了不讓屍體馬上被發現，還把門上鎖。也就是說，如果運氣好的話，兇手就可以將時間拖延到早上了。」

「嗯。」

「這個，算是很冷靜的行動吧？」鵜飼嚴肅地瞪著近藤。

「是啊。」近藤用像在強忍笑意的表情點點頭。「如果換做是一般人的話，就算是灑得滿地是血，也會盡早離開現場。而且逃的時候，應該沒有那種閒功夫把門上鎖。這樣不但會發出聲音，也不能保證不會在走廊上碰到別人。」

「是這樣沒錯。既然兇手把門上鎖，可以想見他大概是以冷靜的姿態走出去的。能夠這麼冷靜又善於心計的兇手……卻沒有回家，也聯絡不上，處於行蹤不明的狀態。」

「你是指寺林高司吧？」

「如果我是寺林的話，絕對會回到自己的公寓，乖乖地待在家裡。」

「會不會是去哪裡喝酒了？畢竟是星期六嘛。」

「不，那傢伙聽說是滴酒不沾的。」鵜飼將一條腿放到桌上，稍稍露出微笑。「這是河嶋副教授告訴我的。」

「那，有可能去唱歌吧？」

「他好像是個完全不會去那種地方的男人。」

「那麼，是因爲女人囉。」

「算吧，或許就是這樣。」鵜飼微微點個頭。「我也不能斷定他沒有。」

「前輩，你到底想說些什麼啊？」近藤忍不住發出按耐不住的語氣。「今天晚上你精神倒是很振奮嘛。」

「笨蛋。」鵜飼低聲咕噥。「你稍微認眞點想一想。聽好了，如果兇手是寺林的話……在那種情況下，他應該知道鎖門這件事是對自己很不利的吧？因爲大家都知道鑰匙就在他手上。」

「不可能那麼冷靜吧？搞不好他突然認爲裡面太快被人發現了不好，不是嗎？他一定是一時慌張就自亂陣腳了。」

「但是他還在洗手檯把血跡清洗乾淨喔。你剛才不是還說這是很冷靜的行爲嗎？」

「唔……」近藤癟著嘴巴咕噥一聲，看向天花板。「說的也是……」

「你怎麼前後不一？」

「到底是怎樣？你意思是說寺林不是兇手嗎？」

「我不知道。」鵜飼搖頭。事實上，接下來的部分也讓他一頭霧水，他總算感覺到案情有些不對勁的狀況了。

「就到此爲止吧。是誰的血的也還不知道，而且河原田先生的完整驗屍結果要到明天才出爐不是嗎？等聽完全部的檢查結果後，再來揣測也不遲。我們等情報齊全一點，再來慢慢想吧。到時候可能連寺林都找到了。這樣事情或許就能簡單解決了。」

事實上，在幾小時後，寺林高司就被人發現了。是在距離上倉裕子遇害的M工業大學命案現場將近數百公尺的地方。而且，是跟更不得了的另一具屍體在一起……

第二章 瘋狂的星期日

1

星期日早上，時間是九點十分。

跟昨天一樣，西之園萌繪將車子停在那古野公會堂北側的停車場。天氣看起來跟昨天一樣好，但氣溫卻是非常低。萌繪穿著毛衣和長裙，短版夾克加上長大衣。只有裙子對她而言算是非常難得的選擇，不過這並不是刻意選擇的。她戴著兜風用的太陽眼鏡下車，然後從副駕駛座上拿起她的側背式包包，並戴上大棒球帽。

爲了能曬到溫暖的陽光，她刻意從公會堂的東側繞到正面的玄關。這時，已經有大約五十個的男人坐在入口的階梯上。因爲他們身上散發出令人難以接近的氣氛，所以萌繪盡量不往那裡看，保持約十公尺的距離。忽然間，萌繪停下了前進的步伐。

自從今天早上清醒後，萌繪就一直覺得怪怪的，等到她牽著愛犬都馬去散步時，她才清楚感受到自己的心情是多麼的憂鬱。

當初還是拒絕比較好吧。自己爲什麼非得作這種蠢事不可呢？這應該是身爲一個女性最感到羞恥的事情吧。想到昨天被大御坊安朋耍得團團轉的自己，實在很沒用，很令人生氣……

她終於發覺自己憂鬱的原因了，因爲從昨晚開始她就被這種很氣惱的想法給佔據了。

一想到等一下要發生的事，西之園萌繪是一個勁地嘆氣連連，而心裡的自己也總是苦著一張臉。是啊……以爲自己只是單純地找藉口在抗拒解放的想法，就是一個天大的錯誤。並不是她抗拒的問題……這其實是更屬於生理上的問題，就跟她沒辦法喝熱飲是一樣的道理。爲什麼昨天的她要向大御坊妥協呢？

不過竟然都已經答應了，約定好的事情沒有辦法矇混過去。整理一下自己的情緒後，西之園萌繪做出最後的結論：就是把這件事快點結束掉，再從事一些讓自己比較快樂的事情來轉換心情。萌繪明白，雖然討厭的事情很多，只要在跟它們擦身而過的那一瞬間時盡量忍耐就好了。反正時間一過，討厭的事就會消失得無影無蹤了。

她出神眺望著和公會堂相反方向的公園噴水池，心想時間還早，乾脆走到那裡的長椅坐坐好了。

「小萌！」正當她要朝噴水池邁開腳步時，就被叫住了。

一回過頭，就看到大御坊安朋揮著手，慢條斯理地朝她接近，旁邊還有另一個男人跟他走在一起。

「早安。」萌繪向表哥低頭致意。

「抱歉呀，小萌，不好意思，勉強妳來這裡。我眞是感謝到五體投地，多虧妳解決我空前的危機。」大御坊用悠然自若的口吻說完後，便露出了微笑。「這次的恩情，我絕對不會忘記的。」

「嗯，我眞的是非常勉強啊。」萌繪聳聳肩。「心情好沉重喔……」

「不好意思，請多指教。」另一個男人向萌繪遞出名片。那是昨天在櫃檯的鬍渣男。名片上寫著武藏川純，地球防衛軍・那古野分部副司令。萌繪將視線從名片移到武藏川身上，快速在心中分析。這個人就是昨天硬要向儀同世津子收取高額入場費的人，看起來應該是四十幾歲沒錯。身著骯髒的牛仔夾克配上略顯破舊的破洞牛仔褲，加上帶有刮痕的破損運動鞋。一臉的鬍渣，不曉得是他的鬍子一天就可以長這麼多，還是他昨天根本沒有刮。

鬍渣男露齒微笑。

「星期日休息嗎？」萌繪裝出一副笑臉來問他。

「嗯，星期六、日是銀河系共通的假日。」武藏川不假思索地立刻打趣回答。萌繪於是給他「腦筋動得比她想像中還快」的評價。

「先去喝杯咖啡吧。」大御坊說：「反正一般民眾要十點才能入場，而且今天工作人員都已經習慣流程了，所以晚點去不要緊的。既然不用特別準備些什麼，就放輕鬆一點吧。」

「今天早上的重頭戲，就是西之園小姐的角色扮演秀。如果眞要說有什麼準備的話，也只有這個吧。」武藏川又再次露齒而笑。

三人往車站方向走了一會後，走進店名叫「fuse」的咖啡廳裡頭。這家店位於地鐵中央線的高架橋下，店名怎麼看都像是只因爲電車從上面經過就可以被輕易決定的名字。

「不知道寺林怎麼了？」大御坊在座位上坐下時說：「昨天他一個人留到很晚呢。本來還在想他在做什麼，結果他原來是一個人偷偷摸摸地躲在四樓深處的房間。你們猜他在幹嘛？居然是在玩娃娃啊。」

「玩娃娃？」萌繪反問。

「是模型啦，模型。」

「寺林他可是非常拼呢。」武藏川在大御坊旁邊脫夾克邊說。他夾克底下那件潔白的襯衫，讓萌繪不禁覺得總欠缺點什麼。「他其實是關東分部的副司令喔。說起關東分部副司令，地位可是相當於地方的司令一樣呢。」

「你是指地球防衛軍嗎？」

「嗯，我們在全國都有分部喔。」武藏川看著萌繪得意洋洋地回答。

「地球防衛軍當然要全國都有才行。其實不能只有日本有，既然要保衛地球的話，應該要在全世界都設有分部才行。」大御坊在一旁插嘴說：「寺林是不是調職到這裡來了？」

「怎麼？大御坊先生你不知道嗎？他今年四月就成爲M工大的學生了喔，好像是社會人士也能入學的制度。」

「嗯嗯，的確有。」萌繪說：「他就是所謂的在職進修研究生吧？」

「是的。因爲他現在只有身爲學生的壓力，所以我們就把很多工作都推給他做。」武藏川露齒而笑。

女服務生終於拿著濕巾出現了。大御坊和萌繪點了咖啡，武藏川則點了早餐套餐和熱牛奶。

「請問……」萌繪坐直身子說：「我只要穿……昨天那套角色扮演服繞全場一圈，就可以了吧？而且會有其他人陪我一起走，是吧？」

「對，護衛有五個。全都是精挑細選出來的壯漢。」武藏川純滿臉喜色地回答。

「不用精挑細選也沒關係……」

「別人連妳的一根手指都碰不到的，請盡管放心。我們連緊急狀況的應付方法也加以訓練過了。」

「嗯……這樣啊。」聽傻了眼的萌繪點頭。「時間是三十分鐘左右吧？」

「是的，大概三十分鐘到一小時。只要這樣就有十萬圓。」

「我不用拿錢。」

「就把那套衣服送給妳做紀念好了。」

「那……更不用了。」萌繪搖頭。「對了，有沒有準備能把臉遮起來的面具呢？」

「啊，有的有的。」武藏川靠在椅背上，用略爲誇張的悲傷神情說：「都準備好了。雖然準備好了，但老實說，我對戴面具這件事有點不滿啊。」

「我可是更不滿呢。」

「眞可惜啊，不過也只好這樣了。我相信西之園小姐一定能了解這種感覺的。如果妳演著演著，不知不覺情緒亢奮時，隨時拿掉面具都沒關係的。」

「請你就別期待了。」對於萌繪而言，她是完全無法具體理解武藏川純期待的理由和說辭的。

「電視台和報社的採訪約好是在十點。」大御坊說：「只要讓他們稍微從遠處拍些小萌的照片，之後就由我在準備室應付他們的問題好了。」

「要禁止電視台和報社他們拍特寫喔。」萌繪立刻說：「也請務必確定我的名字不會出現在媒體上面。」

「嗯嗯，知道了。」武藏川點頭。

「萬一眞的被媒體拍到了，到時要是被姑姑知道了，我可是……」

「不知道她會有什麼反應嗎？」大御坊微笑著問。

「不……」萌繪也跟著露出微笑。「我知道，而且是太了解她會怎麼反應了……雖然我現在一時想不出最適當的形容……不過，俗話說『被吃得死死的』是什麼樣的感覺，我現在可說是徹底心領神會了。」

此時鈴聲響起，大御坊便從上衣口袋拿出手機。

「喂？」當耳朵貼近手機時，他開始講話。「嗯，我們在鶴舞站附近的咖啡廳。」

女服務生端來飲料，一杯一杯地慢慢放在玻璃桌上。武藏川露出牙齒，衝著萌繪微笑，一個人獨自規律性地點著頭。他這個動作實在是意義不明，也許這動作在銀河系只是一般的禮儀而已，不過極少鑽研風俗習慣的萌繪不知道其中意義何在。她避開武藏川的視線，透過玻璃窗往外張望。從公園樹木之間的縫隙，可以勉強看到公會堂正面玄關附近的情形。

「嗯，我知道了，是啊，如果空間足夠的話，就到那邊去吧。」大御坊說完，便將手機放進口袋。「筒見打來的，他說他已經在四樓等了，有一邊準備室的門沒辦法開很麻煩。」

「喔，那裡的鑰匙在寺林那裡。」武藏川苦笑說：「我拿鑰匙的那扇門，早上是第一個打開的喔。」

「寺林一定是睡過頭了，眞會給人找麻煩。」大御坊歪著頭說：「早上不能自己起床的人，據說是神在提醒他得早點結婚的記號呢。眞是的……果然是社會的負擔。」

萌繪聽到心想早上她都可以自己爬起來。如果因爲這樣就是神指示不用早點結婚的話，那她眞有點感到遺憾。

咖啡的溫度還不是她可以入口的程度，但爲了穩定情緒，萌繪還是將杯子拿到嘴邊，稍微感受咖啡的香味。連考試時都不曾緊張的萌繪，覺得現在這種緊張的心情實在是不可思議。

2

當西之園萌繪跟大御坊安朋一起走上公會堂四樓時，已經是早上九點二十分了。武藏川因爲要做入場的準備，在四樓前廳就跟他們分開了。禮堂西側的通道現在還很安靜，一個人也沒有。打開通道盡頭的大門後，大御坊和萌繪就走進準備室裡。

「早啊，筒見。」大御坊朝房間裡的長髮青年打招呼。

「早安。」那個青年回答，「寺林先生來了嗎？」

「這個嘛……」

「另一邊準備室的鑰匙在他手上，所以大家現在都很困擾……」那個青年面無表情，嘴巴雖然這麼說，表情卻完全看不出來有任何困擾的樣子。白皙而瘦高的體格，充滿著如塑膠人偶一般的無機質感，給人很中性的印象。

「去叫一樓的警衛來開如何？」大御坊直率地說。

「他們一定會嘮叨些難聽的話。」青年說：「樓下的老爺爺們都很囉唆的。」

「有沒有打電話去寺林的公寓看看？」

「有，他好像已經離開公寓了。」

「那他也許在來的路上了，會不會人就在附近？」

「嗯……」青年點了頭，終於將眼光移向萌繪。話雖如此，不過他也只有將視線轉向萌繪而已，至於表情完全沒變。

「啊，這個孩子呀……」大御坊微笑說：「是我的表妹西之園。是我拜託她來當明日香的救火隊。小萌，這位是筒見紀世都，明日香的哥哥。目前他可是個金光閃閃、瑞氣千條、爽朗如風、堅若磐石的新銳藝術家喔。」

看到筒見紀世都用像面具的表情向萌繪輕輕點頭致意，她也回了禮。萌繪不禁心想：他的皮膚看起來好像真的用塑膠做出來的；小而精緻的臉龐，彷彿是用曲線尺準確描繪出的曲面所構成的。筒見紀世都的確長得酷似昨天的那個女孩明日香。

「昨天明日香有回家吧？」大御坊用愉快的口吻說：「應該很晚才回家吧？一想到女兒這麼晚歸，筒見教授應該是很坐立不安吧？」

「昨晚我沒回家，所以不知道。」筒見紀世都冷淡地說。

「兄妹都一樣品行端正啊。」大御坊莞爾一笑。「筒見的父親是M大的教授呢。小萌妳認識嗎？」

「不認識。」萌繪搖頭。

「西之園的父親也是工學院的教授喔，還是N大的校長呢。」大御坊將臉湊近筒見。「我是覺得兩人的性格不太一樣。筒見教授對蒸氣火車的喜好實在太過執著，使得學術上的研究反而變成其次了。這話我們在這裡說說就好。」

「因爲那是父親生命的意義。」筒見紀世都理所當然地回答。

過沒多久，大御坊和筒見紀世都坐在沙發上，對著打開的會場配置圖開始討論細節。有三個男人慌忙跑進房間，又抱著紙箱跑出去。萌繪因爲不知道要做什麼，只好站在窗邊看著窗外。

當她對著手錶確認時間是九點半時，武藏川走進房間。

「眞傷腦筋，寺林居然還沒來耶。」武藏川說完後看向萌繪。「該怎麼辦？要讓她換衣服了嗎？」

「請問……爲什麼沒有寺林先生……就不行呢？」萌繪問。

「因爲今天的角色扮演服是他的自創作品，一定要他做最後的檢查才行。」武藏川說。

「最後檢查？」萌繪反問。所謂的「最後檢查」是什麼意思？這個圈子的規則到底是什麼？已經完全超乎她的想像了。爲了避免產生更大的不安，萌繪只好決定不繼續深究這問題。

武藏川鼓著苦惱的臉頰看著手錶。「距離表演還有三十分鐘……好吧，那麼請西之園小姐先換衣服好了。拜託妳了，我想他也許等下就會來了……」

武藏川又刻意地擺出笑臉盯著萌繪，說完仍然站在原地不動。就像是電池突然沒電了，或是接觸不良的模樣。萌繪無計可施下，只好點頭答應。

她走到房間深處的屏風旁邊，探頭往屏風的後面瞧。昨天那位名爲筒見明日香的女孩所穿的金屬色服裝還放在桌上，牆壁上掛著一個高約一公尺的大鏡子，鏡前則擺了一張圓椅子。

「知道怎麼穿嗎？」武藏川走近萌繪問。

「嗯，大概知道。」萌繪回答，「我昨天有看過。」

「妳穿得時候要小心喔。」

「咦？小心什麼？」

「那個可是很容易壞掉的。」武藏川一本正經地說。他的表情跟「容易壞掉」這個詞之間所形成的不協調感，令人看了覺得背脊發涼。

「我知道了。」萌繪點頭。

「那就萬事拜託了。」

「武藏川先生，請過來一下！」坐在沙發上的大御坊招手說：「小萌，我們會好好幫妳看著的，妳就放心吧。」

本來想回嘴說「這才不是問題所在」的萌繪，拿不出平日的活力，現在她甚至有快要貧血的不好預感。在不想讓大家察覺到的情況下，她緩緩地深呼吸之後，再拿著包包往屏風後面走去。

3

犀川創平駕駛著愛車，而喜多北斗正坐在副駕駛座上，他們已相當緩慢的速度準備進入那古野公會堂的收費停車場裡。以往這個停車場總是空蕩蕩的，再說周日的上午九點半，對素來以「晚睡晚起」聞名的那古野市來說，還只能算是清晨而已。不過今天的停車場卻跟往常不同，有幾輛車子在停車場入口等候。

「公會堂在辦什麼活動？」犀川喃喃地說。

「當然有啦，你這個人怎麼完全沒在聽人講話的。」喜多回答，「你是不是在腦袋裡裝有過濾器？會阻絕掉自己不想關心的事情。」

「啊！對了，昨天你有說過要跟大御坊來公會堂。」犀川想了起來。昨天他們有提到跟模型相關的展示會還是即售會的訊息，喜多說的沒錯，這的確跟他沒有關係。

昨天很晚的時候，喜多來到犀川的公寓作客。跟平常一樣，他帶來自己要喝的啤酒，然後就自顧自地喝酒，沒有跟犀川聊什麼特別的話題，卻是賴著遲遲不肯回去——這是他們平常固定的相處模式。即使他在旁邊，犀川也還是一樣看著自己的學術雜誌。喜多一邊喝著啤酒，一邊玩了好幾個小時的俄羅斯方塊。結果他昨晚便在犀川家過了一夜，今天早上兩人還一同到家庭式餐廳裡共進早餐。

他的表情很明顯有話想說，犀川卻一直無視於他。喜多這個男人雖然外表看起來很坦率且不拘小節，其實不然。犀川知道，喜多北斗是心思纖細且小心眼的人，帶有一點神經質。

他欲言又止的表情，就是希望別人主動問他悶悶不樂的原因。顯然犀川對這種類似撒嬌的手法並不上當，畢竟他也不是屬於願意主動向別人伸出援手的那種人。因此他從頭到尾就把這個等著他問「你到底想說什麼」的朋友擱置在一旁，坐視不管。

這個星期日犀川預定要到位於鶴舞站的老書店，看看工學書和攝影集。每隔兩個月就會搭地下鐵上街來逛逛舊書店，是犀川的習慣。今天早上則是因爲要和喜多吃飯，他乾脆開車過來，沒有想到喜多也就這樣一路跟著他到現在。

終於輪到犀川購買停車票。副駕駛座上的喜多伸出手把停車卡取出後，入口處的自動橫桿就往上拉讓車子通過。犀川於是將自己黃芥茉色的愛車停在他第一個看到的停車位裡。

「接下來怎麼辦？你要去公會堂嗎？」犀川邊下車邊問。

「不，我要跟你去書店。」喜多笑嘻嘻地回答。

他們走在柏油路面上，穿過並排車輛之間的縫隙。走了一段路後，一輛停在建築物附近空地上的白色雙人座轎車引起犀川的注意。

「咦？那是西之園的車子啊。」

「保時捷的Boxster嗎？」喜多說。

「是白色的。」

「所以我才問是不是Boxster的啊！」

「那是車名嗎？這我就不清楚了。」犀川漠然地說：「嗯……我希望你別再用這種講話方式和我說話了。如果你心情眞的很不好的話，那我們就各自行動好了。」

「抱歉。」喜多歪著嘴角說。

他們繼續默默地走著，穿過鶴舞站的高架橋，來到一個大十字路口。兩個人走上橫越十字路口的天橋階梯。

「爲什麼西之園會在那裡？」犀川問。

「這個……」

「你知道嗎？」

「我不知道。」喜多攤開雙臂。「會不會是大御坊那傢伙叫她去的？」

「大御坊嗎？爲什麼？」犀川停下腳步。

「畢竟那傢伙是西之園的表哥啊。」

「咦？」

「嚇一跳吧？」喜多哼哼地說：「這可不是假的喔。」

「我是眞的嚇了一跳。」犀川再次邁開腳步。「不過就算是表哥，他也不會叫西之園去模型展示會吧。我想她應該沒興趣才對。」

「昨天她有去喔。」

「西之園嗎？」

「嗯嗯。」

「去幹麼？」

「有女記者來採訪我們的大御坊大師。雖然我沒有問是哪一家的，不過……那個女記者還眞算得上是個美人，頭腦又好，總覺得就像這樣精悍的……」

「你到底在說什麼？」

「我完全被那件事打敗了。」

犀川再度停下腳步看向喜多。「那件事？有哪一部分跟我們要說的話題有關嗎？」

「不，倒沒有……」喜多不情願的回答，拿出香菸點上。「雖然對我來講可是一大新聞……不過，這跟我們的談話或許沒什麼相關性就是了。」

「那麼，我們就回到正題吧。」犀川說。

「那個美女記者是西之園帶來的，好像是她的朋友。」

「喔，原來如此。」犀川又再次邁開步伐。

「是你妹啦！笨蛋！」喜多突然大叫起來。

犀川不禁回過頭去。

「咦？是世津子？」

「你大大的吃了一驚了吧。」

「一定是弄錯了，她人在橫濱啊。」

「我哪管這個啊，笨蛋。」

「她應該還在住院才對。」

「住院？哪會，活蹦亂跳好得很呢。」

「你是被西之園給騙了。」

「咦？」喜多變得滿臉擔心。「是這樣嗎……」
「你不要常常在對話中扯到沒意義的蠢話比較好吧？」
「創平啊，你爲什麼都不說你有妹妹？」
「對誰？」
「對我啊。」
「有問嗎？」
「誰啊？」
「你啊。我可不記得你有問過任何關於我妹妹的事。」
「就算不問，一般也會講吧。我們都幾年交情啦。」
「這跟交情的深淺有關嗎？」
「眞是夠了！」
「喜多有兄弟姊妹嗎？」
「我上面有三個姊姊。」
「這樣啊。」犀川回以微笑。「我已經忘了。」
「我到那裡看看再回來。」喜多叼著香菸苦笑著。他指的是公會堂。「拜囉。」
「拜囉？」犀川笑著複述一次。「你的『拜囉』是再見的意思嗎？」
「你說的是。」喜多就像演奏完的鋼琴家一樣，將頭緩慢的往犀川的方向側過來。
犀川稍微思考了一下，喜多回頭走下了高架天橋。應該是要去見西之園萌繪吧？他再次提起往前的腳步。當他穿越過天橋，要走下樓梯的時候，又重新思考起世津子昨天眞的來那古野的那件事，是眞的嗎？這讓他不由得擔心起來。

附近商店的鐵門幾乎都還是拉下的，只有犀川要前往的書店已經開始營業。犀川知道這附近只有這間老書店是早上九點半就會開門的。當拉開起霧的玻璃門走進去舊書店時，迎面而來的暖氣讓他覺得很暖和。

「喔，是老師啊。」書店裡面傳來老闆的招呼聲。「天氣很冷吧。」

「早安。」犀川低頭致意後，便開始依照已經過他試驗過無數次的「最佳化獨特看書順序」。首先他將書店全部的書大致觀察過一遍後，第二輪開始就他有興趣的書籍邊看邊拿。這是他認爲最有效率的程序。

「M工大的殺人案……老師，你有看這則報導嗎？」老闆位於書店更裡面的地方。

「沒有……」犀川一邊掃描著書架上書背的文字，一邊心不在焉地回答，「是報紙上的嗎？」

「今天早報上刊得很大呢……最近眞是不平靜，好討厭。」

「M工大嗎？就在這附近嘛。」眼睛依舊瀏覽著書架，然而犀川已有百分之六十五的注意力放在他和老闆的對話上。

「報紙上面寫，是在昨天晚上九點發生的，老師，你那時該不會還在學校吧？」

「我是在N大教書。」

「是嗎？那就跟你沒關係了。」

「不管我是在哪邊教書，這都跟我沒關係。」

「被殺的是研究生，還是女孩子呢，眞可憐啊。」

「你認識她嗎？」犀川的視線第一次投向書店老闆。

「怎麼可能啊。」戴著毛線帽的書店老闆拼命搖頭，動作好像在說相聲一樣誇張。

接著犀川又看書看了好一會兒。他將心中的書單濃縮到十本，然後再一本一本地拿在手上做最後的審核，最後他決定只要買其中的三本。

「好的，謝謝。」當犀川將書放在桌上要結帳時，老闆將眼睛從報紙上離開。「嗯……一共是六千八百圓。啊，老師你喜歡飛機的書？看到那邊有一本嗎？那是德語的，很稀有喔。」

「是古斯塔夫・奧圖（Gustav Otto）（註五）的嗎？」犀川邊掏出錢包邊說：「那本我已經有了。」

「這樣嗎？好，謝謝，找你兩百圓……」

「不好意思，那份報紙可以借我看一下嗎？」

「好的，請拿去吧。」老闆將放在桌旁的報紙遞給犀川。「你早上沒看嗎？」

「我沒買報紙。」

「沒買報紙？那可不行喔。這麼做會跟不上時代耶。」

「嗯。」犀川一邊看著三個版面的報導一邊回答。書店老闆說得沒錯，他就是想跟不上時代，所以才不看報紙。

「大學的老師都不看報紙嗎……」

「現在不就在看了。」

4

喜多北斗朝公會堂的方向跑下天橋的階梯，天橋下有地鐵的入口。其實就這樣搭地鐵回去也可以，他原本也沒打算要連兩天都去公會堂，可是如果西之園萌繪人在公會堂的話，他想去確認剛剛犀川講的事情。不管怎麼想，關於犀川的妹妹這件事，萌繪都不像在騙人。就算萌繪真的說謊，昨天的記者美人也有值得他去探究的價值。

公會堂的入口人潮擁擠混亂，幾乎是國、高中生的年輕人。豎立的看板上，寫著模型展示交換會十點開場的字樣。看看手錶，現在距離開場還有二十分鐘。他穿過人群走上階梯，向掛著臂章的工作人員詢問。

「你好，我是大御坊先生的朋友，可以讓我進去嗎？」

「好的，請進。」大約是大學生年紀，樣子很成熟的青年點頭。

喜多進入前廳，走向階梯上樓。

四樓的前廳很熱鬧。看來十點入場，只是針對一般民眾的規定，參加社團的成員幾乎都已經進入四樓的會場了。禮堂中的人潮和昨天一樣非常擁擠，禮堂入口的櫃檯處有幾個也掛著臂章的青年站在那裡。

「你知道大御坊先生在哪裡嗎？」喜多向櫃檯的一個青年問。

「剛剛他到另一邊去了。」青年用手指著禮堂東側的方向。

「那邊？」那個方向跟昨天大御坊受採訪的房間是相反的。

「嗯，大概是在那邊最裡面的準備室吧。剛剛還在的。」

「謝謝你。」

喜多折回前廳，往禮堂東側的通道前進。筆直的通道右手邊有成排的窗戶，可以透過窗子看見大學醫院的高樓。當他加快腳步走到通道的盡頭時，大御坊的身影就出現在眼前。

「早啊。」他向大御坊打招呼。

「啊，這不是喜多嗎？」大御坊發覺到他後，滿臉笑容地說：「你今天也來啦。」

「西之園人呢？」喜多問。

「咦？」大御坊停了半晌，眼珠轉來轉去，動作很不自然。「她？這……」

「有來吧？」

「沒有。」大御坊斬釘截鐵地回答，並搖了搖頭。

「她的車子停在外面。」喜多說。

「是喔？」大御坊撇撇嘴，很刻意地挪開視線。

這裡是禮堂東側通道盡頭空間比較寬廣的地方，一扇大木門矗立在正面。雖然格局雷同，但並非是昨天喜多及儀同世津子採訪大御坊時所使用的西側準備室，而是在相反方位。大御坊附近還有兩個男人，一個是高個子的長髮青年，另一個有點年紀的男人，留著一臉鬍渣，給人十分不修邊幅的感覺。

「你在這裡做什麼？」喜多向四周環顧一圈後問。

「沒有，只是我想進去這間準備室而已。準備室的門被鎖上了，我們去叫了警衛上來，現在正在等警衛上來將門打開。我才要問你來這做什麼呢。」
「我說過我在找西之園啊。」
「我說過她不在這裡嘛。」
「你怎麼知道的？」
「因爲她說過今天不會來。應該只是很像的車子吧？那不是她的車啦。」
「不，那是創平發現的。那傢伙不懂車種的。他只會記車牌號碼而已，所以不可能出錯的。」
「咦，犀川也來了？人在哪？」
「附近的舊書店。」
「好險……」大御坊嘆了口氣。
「什麼事好險？」
「不，沒什麼，我只是不想見到他而已。」
「爲什麼？」
「沒什麼特別原因啦……我就是不擅長應付那個人。」
喜多瞪著大御坊。「總覺得你怪怪的。」
「我很忙，快回去啦。」大御坊嚴肅地說：「今天我的心情不太好。你看，我可是會越來越生氣囉，再煩我的話，我要歇斯底里地大哭大叫給你看喔。」
「很可疑喔。」喜多噗哧一聲笑出來。「到底是怎麼了？」

「就是沒什麼啊。」

穿制服的老人和掛著工作人員臂章的男子從通道開頭往這裡走來。

「是不是把鑰匙弄丟了啊?」穿制服的老人用沙啞的聲音說。他手上拿著一串鑰匙。

「不,是拿走鑰匙的人睡過頭了。眞不好意思,謝謝您的幫忙。」鬍渣男說。

穿制服的老人,似乎是公會堂的警衛。他從那一串鑰匙中選出一把,插入木門的鑰匙孔中。當他轉動鑰匙時,發出輕微的金屬聲。

「今天之內要把所有的鑰匙還回來喔。」轉動門把,將門打開一點進行確認後,老警衛轉過身來。「如果把鑰匙弄丟的話就要全部換掉,很花錢的喔。」

「好的,眞的是非常抱歉。」工作人員們都低下頭來。

警衛從通道折回去離開了。喜多在通道的牆邊看到放菸蒂的容器,就走到那邊,把香菸和打火機從口袋裡掏出來……在這個時候,傳來一聲大叫。

「嗚!」開門的那個男人飛快地往後退,一屁股跌坐在地上。

因爲他的動作實在太可笑,讓喜多見狀忍不住笑出來。儘管錯過了最關鍵性的一刻,他依舊可以揣測一定是那個人被自己打開的門板撞到臉,才會這麼狼狽。

喜多於是面向另一邊,邊笑邊點著香菸。

「天啊……」這次又出現別人的聲音。

喜多又回過頭去看。

大御坊衝到門邊。剛剛發出聲音的工作人員,嘴巴像金魚般一張一合的站在門口。

喜多側眼看著他們的樣子。

「哇！」這次換大御坊大叫起來，他目瞪口呆地盯著準備室裡面。所有站在那裡的人，全都在門前動也不動。

他們此起彼落的尖叫聲，在堅硬的牆壁和地板上造成回音。

「發生什麼事了？大御坊。」喜多在菸蒂箱邊緣輕敲香菸，大聲問著。

大御坊像恐龍一樣動作遲緩地將臉慢慢轉向喜多。他張大嘴巴，瞪大雙眼，表情像是得了失心瘋般地呆滯。

「喜、喜多……」他一隻手有如體操選手般保持水平地緩緩提起，再向喜多招手。

「怎麼了？」

「警、警察！」

「啊？」

喜多斜斜地叨著香菸，向他的朋友接近。

5

這間幾近正方形的東側準備室，入口以外的三面牆都有開窗戶。房內比通道上要亮得多。面對房內的左手邊有四張沙發，以及兩張矮桌。至於面對房內的右手邊，則有幾張折疊式的長桌和折疊椅靠在牆邊，在那上面，紙箱和一捆捆的印刷物等雜物堆積如山。

在正面的房間深處，有兩座屏風並排，屏風的上半部是不透明玻璃，下半部則是白鐵材質。房間中央有一塊寬廣的空地，瀰漫著生物的有機異臭。羊毛色的塑膠地板，上面有著類似紅黑色油漆潑灑出來的痕跡。

不過，那並非油漆，是有人倒在地上。人？是人吧？是真的嗎？是真的人嗎？茶色的長外套、白色毛衣、短裙。裙底下雪白的腿，以及腳上的鞋。那些東西，毫無疑問全都是真的。是女的，是女的沒錯。眼前是她的腿，對面是她的頭……頭呢？沒有理由會看不見頭，喜多又往前踏近一步，從高角度往下俯瞰。

沒有。

到底是怎麼一回事？可是很明顯地脖子以上什麼都沒有。

「啊，那該不會是……」有個人在喜多背後氣喘噓噓地說。

喜多用一隻手靠著牆壁站著，不知何時他竟然站在最前線。一回過頭，他看到大御坊就在背後摀著嘴巴，睜大眼睛注視著自己。

「是明日香……」大御坊的低語伴隨著沉重的鼻息。

「你們認識嗎？」喜多鎮靜地問。

大御坊全身不停發顫地連點了五次頭。

「總之先暫時這樣。有沒有人幫忙去報個警啊？」

鬍渣男聽了點頭後，便開始拔腿狂奔，直直地沿著通道離開了。

「明日香？」另一個長髮的青年悄聲地說：「她怎麼了？」他邁著搖搖晃晃的步伐向前，經過喜多的身邊進入屋內。

「不行啊，筒見！」大御坊抓住他的手臂，把他拉出準備室。

喜多再次將視線投向房內。這次他注意到屏風的後面，可以看見有兩隻男鞋。

好像有人倒在那邊。

「我去看一下。」喜多將手中點著的香菸塞給大御坊。「裡面還有一個人。」

「喜多，不要進去比較好吧？」大御坊接過香菸後說：「這種時候就應該維持現狀吧？」

「得確定那個人是死是活才行。」喜多回答完，做了個深呼吸後，就踏入房內。

他從左邊繞道盡量不去看房間中央那具倒臥的屍體，不過因爲他實在太在意死者的頭究竟是怎麼一回事了，所以途中他還是忍不住偷瞄了一眼屍體的領口。這一眼，讓他屏住呼吸，趕緊移開視線，繼續向屏風邁進。

那個男人的頭倒還在，這算是不幸中的大幸吧。喜多蹲下來觸碰那男人的身體，是溫的。

「喂！」

「叫誰啊？」大御坊在入口大叫。

「順便也叫輛救護車來。」喜多扯開喉嚨大聲地說。

這個倒在地上的男人受了傷，不過他還活著。喜多搖一搖他的身體，並沒能讓他睜開眼睛，他後腦勺有出血的痕跡，襯衫的衣領也被血漬染成黑色的。但可以確定，他的確有呼吸的跡象，乍看之下，還以爲是沈浸在夢鄉裡。

「大御坊！過來一下！」喜多站起來，朝門口大喊。

「叫我嗎？」大御坊用食指指向自己的鼻子說。這時，那個長髮青年已經不見蹤影。
「有人受傷了。」喜多解釋道。
大御坊走進房內時，視線一直都很緊張地保持在喜多身上。
「啊，這不是寺林嗎！」大御坊看到這個倒地的男人時，不禁提高嗓門。
「怎麼辦？」喜多問：「搬出去和放著不動哪個比較好？」
「他頭部受傷了。」大御坊跪在地上說：「救護車應該馬上就會趕來了……要在救護車來之前把他抬下樓嗎？」
這時，倒臥在地的寺林突然發出細微的呻吟聲。
「寺林！」大御坊叫喚著他。
寺林微微皺了下眉頭，眼皮撐開出一條縫。
「寺林……你還好吧？振作點！」
見他沒有反應，大御坊張著口，身體幾乎不動。
入口聚集了很多男人，所有的人視線都集中在房內的喜多和大御坊身上。
「過來一下！」大御坊站起來對外面說：「寺林他受傷了，把他抬出去吧！能不能再來兩個人？」
有兩名年輕男性走了進來。對房間中央詭異的情景，他們也只有看一眼，之後就像要停止呼吸般地緊緊閉上嘴巴。
四個人輕輕地抬起寺林，小心翼翼地把他抬出去。當要走出房間時，喜多和大御坊跟另外兩個年輕的工作人員換手，兩人就留在實驗室門口。

「已經叫了警察和救護車了。」這時剛好回來的鬍渣男說：「啊，寺林！」

「武藏川，寺林就拜託你了。」大御坊說：「我和喜多留在這裡。」接著他看著其他的工作人員。「請你們把從前廳要進到這裡的地方封鎖起來。」

「今天的活動要取消嗎？」武藏川說。

「這個……我也不知道。」大御坊搖頭。

於是武藏川決定去追搬運寺林的那一群人。這時在通道窗邊的長椅上，喜多看到一個低頭喪氣的長髮青年坐在那裡。

「他是？」喜多小聲地問。

「他姓筒見。是女屍的哥哥。」大御坊小聲地回答。

「那我的香菸呢？」

「早就丟了！」

不過是在一分鐘內所發生的事而已，感覺上卻像是完成一件大工程一樣的疲累，也害他連香菸也沒抽到，喜多慢慢踱步到菸蒂箱那邊，重新點起一根菸。

當他吐煙的時候，順便連各式各樣雜亂的資訊也一併捨棄了。

「到底發生了什麼事？」大御坊走近他，臉色變得很差。「那究竟是怎麼了？」

「這個……」喜多吐煙後回答，「拜託別問我。」

「她的頭……有在房間裡嗎？」大御坊將臉湊近，對他耳語。

喜多一聽便陷入了沉默。房間裡並沒有那種東西，他不願去回想剛剛看見的事情。

通道上此時傳來了清脆的腳步聲。

「安朋哥，怎麼了？」向他們跑過來的人，是西之園萌繪。「前廳那裡人仰馬翻地亂成一團。到底是發生了什麼事？聽說有人被殺了……是真的嗎？」講到這裡時，她抬頭看見喜多。「啊！喜多老師！」

「早啊。」喜多一邊打量著萌繪，一邊不忘吞雲吐霧。

「在這個房間嗎？」萌繪一臉嚴肅地問。她看了喜多和大御坊各一眼後，不等他們回答，就走近門口。

「不行啊！小萌！不能開啊！」大御坊大叫。

可是萌繪還是不顧一切地打開了門。喜多叼著香菸，走到她身邊。

「一開始看到時嚇了我一跳，還以爲是妳呢。」

萌繪像觸電般抖了一下，回過頭，用小狗般的眼神往上望著他。

「是昨天的那個女孩？」萌繪低聲說，她的臉再次正視房內。

喜多的手越過萌繪的肩膀，將門關上。萌繪仍然面向房間好一陣子。等到她終於轉身背向木門後，她用手掩住嘴巴，大大地眨了一下眼睛，再緩緩地呼出一口氣。

「感想如何？」喜多問。

「這個房間本來是鎖上的嗎？應該就是你們剛才說的那個打不開的房間吧？」萌繪一本正經地問。

「好像是，剛剛是警衛開的。那麼就是妳說的打不開的房間。」

「警察來之前，不能用手去碰，這是很重要的現場保存。報警了嗎？」

「嗯。」大御坊回答，「小萌，妳還好吧？」

「我是不要緊……」她一邊說著，一邊將目光轉向坐在長椅上的青年身上……他就是身亡女孩的哥哥。大御坊順著她的視線瞧。

「這裡的鑰匙，是在寺林先生手上吧？」萌繪問。

「寺林他剛剛才被抬走。」大御坊回答。

「被抬走？」萌繪疑惑地側著頭。

「他倒在房間裡，受了滿重的傷。」大御坊說明道：「大家合力把他搬出去呢。」

「這麼說，你們有進去房間囉？」

「是啊，喜多跟我都有。」

「西之園小姐。」喜多呼出煙，低聲說：「妳爲什麼會在這裡呢？」

「咦？」萌繪看著喜多。「你問我爲什麼……哇！」

萌繪一隻手掌順勢拍在自己的額頭上。

「啊啊，該怎麼辦啊！完蛋了……」

她眼神狀甚無辜地緩緩聚焦在喜多臉上，牙齒淺淺地露出，輕咬著下唇。

「嗯……喜多老師……」

「什麼事呀？」

「這是我西之園萌繪一生一世唯一的請求……」

喜多吐出煙後，斜斜地揚起嘴角說。

「妳這麼說該不會是……跟妳這身超炫的打扮有關吧？」

6

救護車的警笛聲由遠至近響個不停。

犀川抱著沉重的紙袋越過天橋。他的手錶精準無比地顯示時間已經超過十一點一分三十秒。如果現在到學校實驗室的話，在中午前他還能工作九十分鐘。然後中午在學生合作社吃飯，下午就……對了，就把昨晚想到的處理系統試著編碼好了。應該可以花上他四個小時吧……當他思考到這裡時，不停迴轉著紅色警示燈的救護車吸引了他的注意，因爲那輛車剛好正在那古野公會堂的正面玄關前停下。

這令犀川聯想起萌繪貧血的毛病。三秒後，他無意識的加快走路的速度，幾乎是小跑步的狀態了。雖然覺得不太可能，可是萌繪過去也有昏倒過兩次的經驗，希望這只是他的窮擔心罷了。

衝下天橋的樓梯，他穿過鐵路高架橋的下方，在公園中小跑步前進。公會堂前面擠滿了人，除了救護車外還停了一輛警車。

公會堂的正面玄關只有右邊部分是開放的，那裏立著一個上面寫著「模型展示交換會MOD-

ELERS SWAP MEET」的看板。犀川努力撥開人群鑽到最靠近車子的地方，剛好看到將傷患推進救護車裡的場面。不過，他沒辦法看清楚擔架上的人究竟是誰。

因爲救護車被警車擋到，沒辦法再靠近，於是他繞到救護車的另一邊。當他想從救護車後門往裡面一探究竟時，已經來不及了。救護車連警笛都大聲地響了起來。

擴音器傳出呼籲人群讓出道路的指示。眼見救護車已經發動了，周圍的人潮於是慢慢移動，挪開一條路讓車子通過。犀川受到人群的推擠，也往後方移動。

當他停下腳步時，感覺踩到了某樣東西，正好是救護車一開始停車的位置。他一邊留意四周圍的人群動靜，一邊彎身撿起他踩到的物品。

那是把繫著舊木牌的鑰匙。木牌上用小字寫著「四樓東側準備教室」。

此時，又再次被人群推擠的犀川，退到了玄關的階梯附近。此刻，人群的密度和推力已經有一點一滴地逐漸減少的趨勢。救護車的離去，讓圍觀人群也開始作鳥獸散。

在犀川附近，有個肩膀擔著大型攝影機的男人佇立著。他頭上戴有印上當地電視台標誌的紅帽子，旁邊還有一個拿著鋁製三腳架和器材的青年。

「發生了什麼事？」犀川問那個青年。

「好像是命案。」青年將掛在肩上的鋁箱放在地面後回答。

「剛才被載走的，是男的還是女的？」

「是男的，好像還活著。」青年說：「我有點搞不清楚狀況。」

有個穿著亮綠色套裝又濃妝豔抹的女性走過來，對他們兩人說「請進來吧」。擔著攝影機的男人和拿著器材的青年便跟在她身後，三人穿過人群走上了階梯。

犀川總算是鬆一口氣。看來這件事跟他是毫無關係……這裡眞的發生命案嗎？假設這棟建築物裡眞的發生命案，而且還是那種沒有特定兇手的類型……再加上西之園萌繪萬一也在同一棟建築物內的話……如果是這樣的話，犀川又要承受不同層面的擔心了。

西之園萌繪是犀川研究室的四年級生。她現在正在從事畢業論文的研究，正逐漸步上軌道，漸入佳境。雖然說過了二十歲後的人就算成年，要做什麼是她的自由，不過既然身爲她的指導教授，犀川認爲自己就應該負起最起碼的指導義務……只有因爲這樣嗎……大概只有這樣吧，犀川抬頭仰望公會堂。按照看板上所寫的，可以知道萌繪人在四樓。命案也是發生在四樓嗎？

這時，有另一台警車以低速駛進的方式地畫開圍觀的人群，開了進來。有兩個身穿制服的警官，一下車就飛奔進入建築物。

犀川決定先暫離一下，便走到鶴舞公園去，在那裡點了根菸。

就這樣回去也是無妨的，但撿到的鑰匙得還給所有者才行。既然標示著四樓東側準備室，那應該就是公會堂的鑰匙吧。可能是某個人在出入時不慎遺落的，又或許就是救護車在搬運傷患時所掉的。

萌繪和喜多還在建築物裡嗎？他心想，這種可能性應該非常地高。萌繪的跑車，因爲是在建築物北側，所以現在是看不到，不過他剛來時有看見，將燃燒的香菸丟進菸蒂箱裡，犀川再次朝公會堂走去。

警車已經增加到三輛，還有其他的黑色車輛就停在階梯的正下方。因爲有一個警官站在入口附近，使得人潮和門口稍微保持了距離。這次他終於可以輕鬆地走到入口。

「不好意思，我在這裡撿到這個。」犀川將鑰匙拿給警官看。

「是有人掉的嗎？」警官問。

「大概吧。」犀川回答。

「撿到東西的話請拿到站前的派出所去，就在那裡。」警官往車站的方向指了指。

有兩台黑色的車子在這時來到。車中的四個男人跑上階梯，剛好跟要走下階梯的犀川擦身而過。

「是犀川老師啊！」其中一個壯漢說。

「啊……是鵜飼先生。」

「你在這做什麼？」鵜飼刑警笑著問他。

其他三個男人的身影已經消失在建築物裡了。

「沒什麼，我在這邊撿到了這個。」犀川把鑰匙拿給他看。「我想這大概就是這裡四樓的鑰匙吧。」

「老師，裡面請。」鵜飼拉著犀川走進前廳。

入口處的警察在犀川身後關上了門。電梯前有三個男人在等。鵜飼剛好在電梯門打開時衝了進去。

「犀川老師，快點快點。」

鵜飼的催促聲，讓犀川也只好搭上電梯。

「不好意思……」犀川在電梯中又拿出鑰匙。「這個請拿去吧。」

「先等一下。」鵜飼露出微笑。「等我們先看完現場再說。」

「是傷害案嗎？」

「不，是殺人案。」

「可是我聽說有人還活著……」

到達四樓的時候，電梯門打開。四樓的前廳聚集了非常多的人。刑警們先往左手邊的樓梯方向走去，遇到轉角處再左轉。在一條北向筆直通道上的中央，有個似乎是要封鎖道路，避免有人出入的制服警官站在那裡。

「是在這條通道的盡頭。」警官行完禮，便讓開一條行走的道路。

「請等一下，鵜飼先生。」犀川壓低聲音說。

「沒關係的，老師。」鵜飼邊走邊轉過頭。「馬上就會結束的……」

犀川不禁心想。到底是什麼會結束啊？跟著他們繼續往前走，便看到盡頭前有個類似小廳堂般較爲開闊的空間。在途中，有個獨自坐在長椅上的長髮青年。即使往前走的犀川一行人經過他的身邊，他的頭也沒有抬起來觀看。

盡頭前有幾個人站在那裡。有喜多北斗、大御坊安朋，還有西之園萌繪，可說是全員到齊了。

「是犀川老師！」萌繪以手掩口，狀甚驚訝地大叫出來。她身上穿著一件長外套。

鵜飼他們打開盡頭的大木門後，只有停頓片刻，便開始依序進入。

「到底怎麼了？」犀川向一個人獨自站得遠遠的大御坊安朋問。

他一聽，便默默地把犀川拉到窗邊，小聲地替他說明。此時，萌繪和喜多也向他們靠了過來。當大御坊講到一半時，犀川便知道，原來坐在通道長椅上的長髮青年，就是被害女性的哥哥。

「那個叫寺林的，就是剛才被救護車載走的人嗎？」犀川問。

「是啊。他就倒在這房間裡面。」大御坊回答，「當時的情況眞的是……滿糟糕的……連我都差點以爲心臟要停了呢。」

「啊，我有撿到這把鑰匙……」犀川從外套口袋中拿出鑰匙給他看。「所謂的東側準備室，就是指這個房間吧，原來這個就是這裡的鑰匙啊。」

「唉呀，那就是在搬運寺林途中掉的喔。這一定就是寺林手上的那把鑰匙沒錯。」大御坊說。

「咦？這麼說來……」萌繪不禁提高嗓門。「兇手用的是放在警衛室的鑰匙囉。」她看向天花板，眼神游移不定。「因爲，鑰匙只有兩把嘛……可是……這情況有點怪呢。」

「等等，爲什麼頭會不見？」犀川面無表情地喃喃說道：「你們都有看到嗎？」

「當然有看到啊。」大御坊皺著一張臉低聲說：「不然，也讓你去看看好了。」

「死者眞的是筒見明日香嗎？」萌繪降低音量，想必是爲了不讓坐在長椅上的筒見紀世都聽到而有所顧慮吧。

「小萌，妳這話是什麼意思啊？」大御坊滿臉不悅地說。
「畢竟頭沒有了，也沒辦法確認是她本人吧？」
「可是，那的確是她穿的衣服啊。我昨晚在前面的噴水池旁有看過她。明日香當時就是穿那套服裝走過去的呀。」大御坊解釋道：「再說，那體型一看就知道，絕對不會錯的。那種比例的身材可是很少人有的。」
「你說在噴水池旁……安朋哥，那是幾點的事？」萌繪問。
「這個……嗯……大概是晚上七點多的時候吧。」大御坊眨了下眼睛後，便抬頭看天花板。
「我有回來過這房間一次……和寺林講了些話。之後，當我要走到筒見老師家時，就在半路上看到她……對，應該是七點半左右吧。」
「你說的筒見老師，是M大的那個？」喜多問。
「是呀，這次的死者，就是筒見老師的千金。喜多，你怎麼也認識筒見老師呢？」
「我只知道名字而已。」喜多回答，「在鐵路模型雜誌上看過很多次。」
「寺林也是M大的學生，聽說在攻讀在職進修博士的課程。」萌繪向犀川說明。
「西之園，妳有看過今天早上的報紙嗎？」犀川邊點菸邊問。
「沒有。」
「昨晚在M大，發生了一起兇殺案。」
「老師，你怎麼會知道呢？」
「看報紙的。」

有好幾個男人從通道另一端朝這裡走來。其中大部分都穿著藏青色的工作服，提著鋁製的手提箱。他們打開盡頭的門進入室內後，換鵜飼刑警走了出來。門雖然是開著的，但從犀川他們所站的位置來說，房間中央剛好是視線的死角，他們很幸運地免於直接目擊到屍體。

「鵜飼先生，她的死因是什麼？」萌繪對朝他們走近的鵜飼問道。

「我們還不知道。」鵜飼像是覺得很滑稽般地莞爾一笑。「身體倒是沒什麼明顯的外傷就是了。」

「她是什麼時候身亡的？」萌繪緊接著問下一個問題。

「這個……現階段也還是有待釐清。不過我想應該是昨天晚上。」鵜飼從口袋裡拿出香菸點上後，將犀川他們輪流掃視一遍。「不好意思，請問你們是……」

「敝姓喜多，是犀川的同事。」

「我姓大御坊，也是犀川的朋友。」

「大御坊先生也是我的表哥喔。」萌繪補充一句。

「是這樣啊。你們好，我是愛知縣警局的刑警，敝姓鵜飼。」他臉上浮現親切的微笑，輕輕點了下頭。「感謝你們平日對西之園小姐和犀川老師的照顧。」

「嘿，是這樣啊……」大御坊看著萌繪的臉。

「鵜飼先生，M大也發生兇殺案嗎？那距離這裡很近呢。」萌繪問。

「是啊……」鵜飼吐著煙，用力地點了點頭。「就是這樣。昨晚一直待在那裡，害我睡眠不足。先別說這……事實上，M大命案最重要的關係人一直行蹤不明，所以我們才會熬夜到處找他。結果……真讓我嚇了一跳。我萬萬沒料到，倒在這房間裡的那個男人，居然就是我們要找的人。眞是輸給他了。」

「咦?」萌繪張開她的小嘴。

「你是指寺林嗎?」大御坊反問。

「這個，是我私底下說的，還沒經過確認……」鵜飼直視著大御坊。「請你們不要洩漏出去。」

鵜飼問了大御坊幾個簡單的問題，好釐清這件事情的來龍去脈。昨晚他見到寺林高司的時刻，寺林當時的情形，以及後來在噴水池旁目擊到明日香的事等等，大御坊都簡單扼要地向鵜飼做了說明。

接著，發現屍體和把倒地不起的寺林搬運出去的經過，喜多也對鵜飼作了詳實的完整敘述。問過這些後，犀川終於如願將手中那把鑰匙交給了鵜飼刑警。鵜飼接過鑰匙後，就從房間裡叫出一個搜查員，從他手上接過小塑膠袋，將鑰匙放進去。

「等下可能還會再對你們做更深入的偵訊，到時還請多多指教了。」

鵜飼說完後，走向坐在長椅上的筒見紀世都。紀世都聽到鵜飼的叫喚，便抬起頭來。他一言不發。雖然從他的動作和態度的確可以感覺出他的憔悴悲傷，但那副面具般的臉，卻和電腦繪圖做出來的3D人物如出一轍，毫無表情可言。犀川有好一陣子都在觀察那個青年。

鵜飼再度回到他們這裡。

「鵜飼先生，我可以回去了嗎?」犀川問。

「喔喔，說的也是，好啊。」鵜飼邊走邊回答，「犀川老師，這樣就可以了。」

鵜飼就直接走進了命案現場的房間。

「別說這麼無情的話嘛，犀川你也一起陪我們吧。既然事情已經到這種地步，大家就要同舟共濟才行。」

「爲什麼？」犀川面不改色地問。

「總之，我們先去另一邊的準備室喝杯茶怎樣？」大御坊說。

「犀川老師，難道你今天有什麼事情嗎？」萌繪擔心地問。

「不，倒是沒有……」犀川在菸蒂箱裡捻熄香菸。「但是待在這裡很沒意思吧？」

「沒有預定的行程那就好啦，我們到對面去吧。」喜多說：「看來還要花滿多時間的。」

四個人先向站在準備室門口附近的鵜飼知會他們要去哪裡之後，就在通道上開始往南走。當接近前廳時，發現警官人數不但增加，也圍起了黃色的警告線。他們在一大堆看熱鬧的擁擠人群中穿梭，橫越過前廳，接著在另一邊的通道上直線前進。西側準備室有幾個樣子像工作人員的男人，每個人的表情都很苦悶。

「大御坊，該怎麼辦？是不是應該宣布活動中止，撤掉攤位比較好呢？」鬍渣男走近大御坊說。

「是啊，還是要看警方會怎麼決定這個問題……」大御坊回答，「就先維持這樣，再多等一下吧。總之，先用廣播通知大家開場因爲意外，要耽擱一段時間。這樣做比較好吧。可以拜託你去廣播一下嗎？等騷動平息後，我會再跟警方談談，到時再做決定吧。」

「我知道了。」鬍渣男點頭後，就從西側準備室飛奔出去。

犀川一行四人面對面在沙發上坐下。當萌繪在身旁坐下時，犀川這才注意到她腳上所穿的銀色靴子。

「好豪華的鞋子喔，現在流行這個嗎？」

「啊，是啊……」萌繪雙頰泛紅地回答。由於她十分在意長外套下擺開叉的部分，所以以背對著犀川極度不自然的方式坐著。

「對了，小萌妳要換衣服嗎？」大御坊挪前身子低聲說。

萌繪嘟起嘴，點頭如搗蒜。

「換衣服是要換什麼啊？」犀川邊拿出香菸邊說。

「這跟你沒有關係。」大御坊瞪了犀川一眼，眼神相當有威嚴。「小萌，過來。」

大御坊和萌繪站了起來。萌繪走進房間深處的屏風後面。

「咦？她怎麼了？」犀川問坐在他對面的喜多。

「你說什麼？」喜多直視犀川，一副事不關己的模樣。

「她在那裡做什麼？」

「喔，我眞是個幸福的人。」喜多望向天花板低語道：「神啊，感謝您，這是對一路走來始終忠誠正直的我最大的報償。阿門。」

犀川默默地站起來，想走到萌繪那裡。

「喂！你這個笨蛋，給我坐好！」喜多的上半身奮力地越過桌子，順勢抓住犀川的外套。

7

當愛知縣警局搜查一課的三浦警官抵達那古野公會堂時，是上午十一點。他那身深綠色的西裝，在建築物裡看來幾乎像是全黑。細銀框眼鏡的後面，散發適度節制的獨特目光，彷彿能一瞬間捕捉昏暗前廳的每一個角落。今年，剛好是三浦四十歲，頭髮已開始變得斑白。

在公會堂一樓的一角，壯漢鵜飼正在電梯前等著他。

「近藤怎麼了？還在M大？」三浦低聲地說。

「是的。」

「電視台也來了啊，動作還眞快。」

「電視台和報社都比我們早來。」鵜飼滿臉困擾地說：「他們好像都是來採訪樓上的模型展示會的。請問……那些客人要怎麼辦？」

「叫他們回去。」三浦走進電梯後說：「全部都給我回去。」

「會堂外的人容易撤離……可是上面的人該如何處置呢……大約有兩百人左右，都是來參加這個模型活動的人。總之，他們大多是模型社團的成員……在上面擺好了類似跳蚤市場的攤位。」

「有必要問話嗎？」

「我不清楚。不過，大部分的人昨天也是在這裡，應該能作爲參考。」

「河原田法醫在嗎？」

「有，他在現場等著你，表示要等你來之後，再把屍體運出去。」

「死者遇害時間是幾點？」

「昨天晚上。」電梯門打開時，鵜飼用手壓住門，讓三浦先過去。「昨天這裡也是舉辦同樣的活動，而且被認爲是死者的女性也有來到會場。她當時是模特兒，穿著卡通服裝，在會場供人拍攝，也就是說，現場有很多人都曾看到她。」

「那麼就讓樓上所有人都寫下名字和聯絡地址，然後依序放他們回去。還有他們的隨身物品最好也查看一下。如果我們人手不夠，再找人來支援。」走出電梯來到四樓前廳的三浦，看著右邊的禮堂入口說。

從電梯通往左邊的通道上圍起封鎖繩。在那邊看守的警察向他們行禮。他們跨過繩子後馬上左轉，在長長的通道上往前直走。在盡頭房間那扇敞開的門附近，站著一大堆鑑識的搜查員。三浦於是探頭走進房內。

「是你啊，三浦。」有個上了年紀的矮小男人，兩手插在口袋裡，搖搖晃晃地走了過來。「啊啊，好痛……最近肩膀眞容易酸痛。」河原田法醫轉了轉脖子，發出喀拉喀拉的聲響。他滿頭凌亂的白髮，髮量異常驚人，橘色鉛筆還是老樣子地插在耳朵上。雖然不知理由爲何，但河原田在案發現場時，都會使用那隻附帶橡皮擦的鉛筆。

「昨晚另一處才剛發生過案子吧？那一具有頭的女屍我還沒開過呢。」

所謂的「沒開」，應該是指還沒解剖的意思。三浦心想，這怎麼想都稱不上是有趣的表現法。

「這邊的……死因是什麼？」

「這個嘛，」河原田瞥了準備室中央一眼後搖搖頭說：「我現在還是完全搞不清楚。雖然我猜是頭部遭受重擊而死的，但找不頭也沒辦法斷定。光靠這樣就判定死因，應該是行不通的。不過……看來並非是窒息而死，跟昨天那女孩的死因不一樣。」

「頭是何時被砍斷的？」三浦走進房裡，在屍體旁蹲下。「是在死後嗎？」

「沒錯。如果是在還活著時就砍斷的話，這裡會有比現在多十倍的血像噴泉般從脖子噴出來。我回去再做斷面細胞的化驗，應該是死後還不到一、兩個小時內砍斷的。看來兇手也費了很大的力氣呢。」

「兇器呢？」

「似乎不在這個房間。應該是像斧頭或是柴刀那樣又大又重的器具吧。地板上有幾道痕跡，代表兇手就是在這裡砍下頭的。你看，兇手好像揮下去很多次，可見是使用以敲砍方式爲主的刀械。」

「所以不是鋸子囉？」

「不是鋸子。」河原田搖頭。

「我知道了。」三浦站了起來。「這樣就夠了，把屍體抬走吧。」

河原田和附近的搜查員聽了就開始行動。空氣中傳來小護士軟膏的味道，大概是某個搜查員身上擦的吧。三浦走出房間，走近等在外面的鵜飼。

「有確認過死者身分嗎？」

「依現在的情勢來看，最有可能是筒見明日香。二十一歲，據說是業餘模特兒。首先，被害者的服裝與她昨天的服裝一致，而且聽說她昨晚七點離開家後就沒有再回去過了。發現當時，因爲她大哥就在這裡，所以我們也順便讓他認過屍了。不過，他說還是不能確定。」

「不能確定也很正常吧。」三浦抬頭瞪著鵜飼。

「已經派人到筒見明日香的家中採集指紋了。」

「頭呢？」

「還沒找到。已經在這棟建築物大致搜索過一遍了，但到處都找不到。我們又派了十個人去停車場和鄰近公園找了……」鵜飼搖頭說。

「被害者和那個叫寺林的男人，究竟在這房間裡做什麼？」

「這個……」鵜飼邊抓頭邊解釋道：「我們已經確認過，昨晚七點半時，寺林的確是單獨待在這房間裡的。七點半之前，也還有其他幾個工作人員留在這裡，而在七點半之後究竟發生了什麼事，我們現在一無所知。昨晚最後看到寺林的，是個叫大御坊的男人。他離開這裡後，在公園的噴水池旁目擊到筒見明日香，她那時好像就是朝這裡走過來的。」

「一樓不是有警衛嗎？」

「警衛根本沒用，他們什麼都沒看到，畢竟都是老頭子啊。這裡幾乎可以讓人自由進出了。」

「聽你這麼說，筒見明日香是一個人到這個房間的嗎？」

「大概是吧……」

「你好像說過，發現命案時這扇門是上鎖的吧？」

「嗯，是鎖起來的。這個準備室的鑰匙只有一把外借出去，而且就在寺林的手上。警衛室裡還有一把備份，可是沒有使用的跡象。就算警衛再怎麼老，也不可能讓第三者能一聲不吭地就把它拿走吧？除了寺林手上的鑰匙外，沒有第二把鑰匙能將門鎖上了。但這裡有一個地方很奇怪，就是鑰匙好像到早上都還在倒地不起的寺林身上。」

「好像？」

「是的，他的頭部受了傷，在救護車和警察來之前，就被搬到一樓，而鑰匙當時似乎還在他身上。因此大概是在他被搬上救護車時掉的……然後，就被犀川老師撿到了。」

「咦？犀川老師也在嗎？」

「不只老師，連西之園小姐都在啊。她比警方還早出現在現場。」

「這樣嗎？」三浦發出沉重的呼吸聲後點頭。「算了，沒關係，然後呢？」

「再來……」鵜飼繼續說：「總之，如果鑰匙的行蹤如同我們剛才所推測的，不是很奇怪嗎？」

「怎麼說？」

「既然拿著鑰匙的寺林倒在裡面，那代表鑰匙也在房裡。這樣一來，誰也無法從外面把門鎖上。如果兇手是在外面鎖上，然後從門板下面縫隙把鑰匙推進去，這樣可能辦得到。不過，寺林是倒在房間最深處的屛風後面啊。」

「這麼說來，你認爲這是寺林他自己在演戲囉。」

「這種可能性很高，至少我覺得這樣的想法並沒有錯。」鵜飼稍微挪動了腳步。「會不會是他自己打自己的頭呢？」

「寺林倒臥的地方，附近有沒有掉什麼東西？」

「你是指什麼？」

「他拿來打自己頭的東西。如果他把自己打昏，兇器應該會留下來吧。」

「不，我們沒有看到類似的東西。但他是不是眞的昏倒這一點，實在很可疑。他一定是先將這女孩的頭砍下，運到別處去，然後再回來從裡面把門鎖上的。一到早上，大家從外面進來時，他就可以假裝昏倒了。」

「那他爲什麼要這麼做？」

「這個嘛……」

「跟M大的案子有關聯嗎？」

「嗯，他們是有關聯的沒錯。」鵜飼點頭，感覺到脖子發出僵硬的聲響，他將脖子用力地轉了一轉。「M工大的案子，可以肯定是在昨晚八點半到九點之間犯下的。寺林沒有那個時候的不在場證明。而且M工大的實驗室，也只有寺林一個人有鑰匙。」

「那你的意思是，那一件也是寺林犯下的嗎？」

「只是在懷疑而已……」

「那裡的實驗室鑰匙有確認過嗎？」

「咦？」

「還在那傢伙的手上嗎?」

「沒有,我們找不到M大實驗室的鑰匙。」鵜飼搖頭。「不但這裡有找過,在醫院裡也調查過寺林的隨身物品。他應該是有車子才對,可是連車鑰匙也不見了,身上沒有任何像是鑰匙的東西。」

「寺林的車在哪?」

「那輛車也是下落不明。我想應該是停在這附近……」

從準備室裡,抬出了上面覆蓋著綠色床單的擔架,三浦和鵜飼因此讓出一條路給擔架通行。

「打擾了,先走啦。」河原田眨著惺忪雙眼,向三浦揮揮手。「傍晚會回去嗎?」

「嗯,到時請打電話給我,我有事想請教你。」三浦點頭,看著河原田的臉,用一隻手指了指耳朵。

「喔喔……」河原田看到三浦的動作,察覺到插在自己耳後的鉛筆,連忙將那隻筆放進胸前的口袋,然後跟著抬擔架的男人們一起往通道入口的方向離開了。

「對了,寺林他本人怎麼說?」三浦再次面向鵜飼。

「啊,他還沒表示什麼。」鵜飼搖頭。「我們還沒開始對他做偵訊,因爲他還在治療中……我正在想等會過去一趟。他就在這後面的大學醫院裡。」

「總之先偵訊過他再說。」三浦稍微將銀框眼鏡往上推。「但實在是令人難以置信的情況。如果那個寺林眞的是兇手的話,那爲什麼要把頭砍掉呢?又爲什麼要把這裡的門鎖起來呢?這種跑回犯罪現場的蠢事，還眞虧他能做的出來。」

「嗯嗯……不過，」鵜飼說：「假設……兇手不是他的話，那要怎麼把門鎖上？不只這個房間是如此，連M工大的實驗室也是同樣的情形。就是因爲這樣，案情才會陷入膠著。難不成這次又得輪到西之園小姐出場……」

「笨蛋。」三浦冷淡地說。

「三浦先生，你好。」聲音從兩人的後面傳來。「輪到我出場？你們在談些什麼啊？」

「啊，西之園小姐。」三浦低頭致意。「妳好，好久不見了。」

「對了……我和三浦先生，已經五十七天沒見面了。」西之園萌繪走近他，露出微笑。白毛衣配上長裙，算是西之園很難得的打扮。三浦雖然心裡這麼想，不過嘴巴依舊保持沉默。

「聽說犀川老師也在這裡？爲什麼你們會來參加模型展示會？」

「這眞的只是偶然而已。我和犀川老師是因爲不同的偶然聚在一起的，還有老師的朋友，我的表哥……也是不同的偶然……這次的偶然還眞多啊，一定是因爲發出了偶然警報了吧？」萌繪滔滔不絕的說，爲了轉移話題，她從敞開的門往準備室裡窺探。「太好了……還好遺體已經運走了。你們有查到些什麼嗎？」

「不，一切才正要著手而已。」三浦嚴肅地回答，「對了，西之園小姐，妳可以和犀川老師一起回去了。你們已經有接受偵訊了吧？等到我們有更深入的調查，會再通知妳的。」

「嗯，謝謝。」萌繪側著臉，微笑地點點頭，非常有禮的模樣。「是啊……我還要忙論文的事，也差不多該回去了。對了，喜多老師也可以走了嗎？」

「喔，那位老師也可以回去了。」鵜飼回答，「再怎麼說，喜多老師和犀川老師都有充分的不在場證明啊。」

鵜飼似乎是想開個玩笑，但三浦和萌繪卻都沒有展開笑容。

「請問警方是不是認爲寺林先生就是兇手呢？」萌繪來回看著三浦和鵜飼的臉。

「不，我們目前還沒有任何頭緒。」三浦馬上回答。

「M工大實驗室的鑰匙，是在寺林先生手上吧？有找到嗎？」萌繪問。

她的問題跟剛才三浦問鵜飼的一模一樣，擺明想深入了解案情。

「沒有。」鵜飼說。

「果然……」她閉起小嘴，露出微笑。「我想也是。」

「爲什麼？」三浦不禁發問。

「敬請期待……」萌繪保持微笑，清楚地吐出每個單字，瞇起了雙眼。「我現在想到M工大去，請問目前有誰在那裡？」

「吉村和近藤。」鵜飼回答。三浦雖然很迅速地瞪他一眼，但還是慢了鵜飼一步。

「如果方便的話，可以幫我打個電話給他們嗎？」萌繪斜斜地豎起一根食指說：「就說我西之園現在要到那裡去。還是……給我近藤先生的手機號碼，我自己打比較快呢？」

「等一下……西之園小姐。」三浦往前一步低聲說：「不好意思，這是我們的工作……」

「又來了！」萌繪向前伸出兩手，又往後退幾步。「我就是拿這個聲音沒辦法。三浦先生的聲音眞是好聽，不行了，一聽到這句台詞用低音講出來，我就……下次一定要錄起來……」萌繪調皮的對鵜飼眨眨眼。「鵜飼先生，那就拜託你囉。對了，抱歉，可以讓我再看看這個房間一下嗎？」萌繪逕自向房內的警員打招呼。

「大家好啊，我可以進去了嗎？」

8

上午十一點半，西之園萌繪和兩名年輕的副教授，一起走出公會堂，迎接頭頂強烈的陽光。外面天氣晴朗，天空顯得清澈高遠；和清晨的氣溫相比，溫度已經明顯上升到不需要穿外套的程度了。

正門前的停車場裡，停著許多警車，還有幾輛警車停放在附近的步道。樓梯下方有三個警官背對著公會堂佇立著，應該是在站崗吧。萌繪一邊走下階梯，一邊回頭查看，赫然發現本來寫著模型展示交換會的看板，用紅筆潦草地塗改成「因意外而中止」的字樣。

此時，身處四樓會場的模型迷們，正在依序接受警方偵訊和隨身物品的檢查，再按照指示陸續從公會堂離開。而在停車場，或是稍遠公園裡的噴水池附近，處處可見一小群一小群的年輕人，在他們之中，有些人乾脆坐在地上，擅自擺起露天的小型展示交換攤位。有些人只是聚在一起聊天，到處都是笑聲和歡呼聲。對於這些不知道是否因爲平時關在房裡太久，而導致外表變得蒼白削瘦的少年來說，像現在這樣的戶外活動，也多少可以算是有益健康吧。

萌繪從包包裡拿出太陽眼鏡。

「我們去吃田樂燒（註六）吧。」喜多說。

「這主意不錯。」犀川立刻應和。

「田樂，就是用味增煮的那個嗎？」萌繪問：「就是指御田（註七）吧？」

「沒錯。」喜多回答。

「哇，太棒了！」

萌繪會這麼高興，一方面因爲沒吃過田樂燒而想要挑戰看看，另一方面則是覺得如果就這樣跟犀川道別，各自開車回家的話，也實在太可惜了。

三個人經過公園，由於犀川和喜多的走路速度都非常快，而萌繪今天又不是穿運動鞋，使得她要費力才能跟上他們的腳步。

古老的木造店面，外觀跟那種會出現在古裝劇裡的平房十分類似，就坐落在噴水池邊的樹蔭下。屋子結構因爲是用細柱子撐住沉重的瓦片屋頂，加上四邊幾乎是窗戶設計的關係，看起來就是不耐震的類型。有幾個罩著紅布的低矮台子擺放在門口，店裡的生意相當興隆。

他們三人找到一處僅剩的空位坐下。等了一會兒，店員便在托盤裡擺上茶具過來接待。雖然沒有菜單，不過在店出入口附近的門上，貼著有顏色的短紙條。菜色似乎只有田樂和汁粉（註八）。當萌繪正在煩惱要選哪樣時，喜多卻馬上點了三人份的田樂，她也只好放棄了。犀川將鋁製的菸灰缸挪近自己，點了根菸。沒有風，所以煙只有緩緩的飄動。

「沒想到還眞有斷頭這檔子事呢。」喜多無視於周遭，突然大聲蹦出這句話。萌繪起初驚訝地縮起脖子，不過她馬上就察覺，喜多是在明知找不到更貼切的詞可代替才會這樣說。其實周圍的客人都是老人家，似乎沒有人注意到他們。

「那種事能這麼輕易辦到嗎？」犀川吐出煙後小聲地說。他的視線朝著水池的方向。

「我想，應該不像切豆腐那麼容易吧。」喜多回答。

「不好意思，現在是用餐前……」萌繪微笑地說。

「對啊，我們等會兒吃的是豆腐喔。」犀川瞪了喜多一眼，然後看著萌繪。「不過，這也不像是妳會說的話。」

「犀川老師，你覺得理由何在呢？」萌繪不解地看著犀川。「爲什麼兇手要把頭給……」

「只是因爲想要這麼做吧……難道不是嗎？」犀川面無表情地回答。

「這種話不能算是答案吧。」

「是嗎？」犀川稍微揚起嘴角。「也可能是明明不想砍，卻不得不砍的情況吧。這兩種情形是完全不一樣的。」

「啊，你的想法是這樣的嗎？那麼……」萌繪改口道：「又爲什麼……嗯……要把砍斷的東西拿走呢？」

「有二種理由。」犀川撣了下菸灰。「也許是渴望得到這樣東西，也可能是拿走比留在現場有利……理由應該是兩者之一。在前者的情形中，砍斷這個行爲本身就是必須的。至於在後者的情形中，將東西移動到其他地方這件事則有另有含意。懂嗎？」

「我懂，但是無論如何都不太可能只是單純想滿足砍斷的慾望吧？」

「嗯，的確，如果動機只是純粹地想要砍斷的話，就不需要在事後把東西帶走。」

「可是就算拿走人頭，也沒什麼用吧？」喜多提出異議。「在現代社會中，不管多有名氣的人頭，也不具備任何價值。」

「這麼說來，後者的可能性比較高囉？」萌繪雙腿交疊端坐著。「丟在那裡會對自己不利，所以才拿走。那麼，兇手的目的是在湮滅證據囉。」

「這樣的動機未免過於消極了。」犀川說。

「眞是如此的話，應該全部拿走比較好吧？」喜多說：「又不是什麼都得勉強砍斷才行。再說，那女孩看起來滿輕的樣子……如果是男人，一個人就能輕鬆的搬出去。」喜多環顧周圍後降低音量。「比起砍斷頭，這樣不是輕鬆許多嗎？當然，我不曾抱著女屍到處行走，可是也沒有攜帶頭顱的經驗，如果連精神壓力也要包含在內的話，我實在沒辦法比較這兩者艱難程度的高下。」

「我想，一定是尺寸的問題。」萌繪說：「如果是搬運全屍，被發現的可能性會變高。」說到這裡，萌繪雙手抱胸。「出入口有警衛看守著，而且車站前，就算是半夜，不管在停車場或是公園，被人目擊的可能性都很高。只有頭，兇手可以放進手提袋裡藏匿，就不會讓人覺得不自然了。」

「喔，是這樣嗎？」喜多作了退讓。「我開始認爲妳是對的了。是啊，這樣一來，就跟帶保齡球差不多，姑且當作是這樣吧。那麼……兇手爲何非把頭拿走不可呢？」

「也許那會成爲對自己不利的證據吧……」萌繪抬頭仰望天空。「還是想讓別人認不出死者是誰……或者是看到屍體保有原貌，會讓兇手心有不甘？」

「心有不甘？」喜多問。

「嗯……無論如何非得要身體和頭分開不可。應該跟想破壞東西的情緒很類似吧？難道不是嗎？」

「有點不一樣。」喜多微笑著說：「妳是指異常怨恨吧？」

「喔，是的。」萌繪也露出微笑。「那樣的情緒，在現實中難道不可能出現嗎？恨一個人恨到想把她的頭砍斷的怨念。」

「嗯，如果是這種情形的話，反而應該把頭留在現場不是嗎？」喜多點了香菸，默默地看著犀川。「創平你的想法呢？」

「會不會跟某種宗教有關呢……」犀川雖然做出回答，但臉上依舊面無表情。「就算砍斷了，如果身體跟頭太接近，死者就可以擁有復活的機會，所以兇手才要把頭帶到遠一點的地方，好讓它跟身體徹底分離。」

「什麼可能性都有嗎？」喜多瞇起眼睛，對犀川的話感到不可思議。「這樣的故事情節也講的出口，那要我舉例某個村子拿人頭來做醃菜的故事嗎？」

「我倒滿想聽的。」犀川一本正經地看著喜多。「是拿頭來鎮壓醃菜桶呢？還是把頭拿來醃？」

「嗯，老師，現在可是用餐前耶……」萌繪出言制止。

「被殺的女孩叫什麼名字？」犀川一瞬間轉換了話題。

「她叫筒見明日香。」萌繪回答，「當然啦，還沒有百分之百確定是她。」
「我聽說她昨天也有去會場，是吧？」犀川面無表情地問：「妳們知道她去做什麼嗎？」
「當模特兒。」喜多叼著香菸回答，「那女孩要穿著科幻風格的服裝。連我看了也有種回到年輕時代的感覺，不過還不錯啦。」
喜多講到這裡，不經意地瞥了萌繪一眼。「模型也有分很多種類，不是只有蒸氣火車或飛機而已，還有像剛彈啦，福星小子的拉姆啦等等。哈哈，這個話題會不會年代太久遠了？」
「所謂的拉布是？」萌繪問。
「是拉姆啦。」
「嗯。」當犀川輕輕點頭，在菸灰缸裡捻熄香菸時，穿著和服和紅色圍裙的店員爲他們端來田樂燒。
今天是秋高氣爽的星期日，氣溫也相當暖和。萌繪腳邊不知不覺聚集了一群鴿子。很多鴿子在踱步繞圈，似乎是知道這裡有食物。小店內高朋滿座，許多年輕情侶搭著小船在水池上遊玩。花壇和草地構成的廣場上也看得到人潮。
餐後，萌繪打算去M工大的命案現場。雖然鵜飼因爲上司三浦的緣故，沒辦法幫萌繪打電話，不過在道別的時候，他用高壯的身體當掩護，偷偷讓萌繪看自己手機。液晶螢幕上顯示出十位數電話號碼，萌繪只看了一眼。
「那是近藤的手機號碼，要對三浦先生保密喔。」鵜飼說完話時，萌繪已經將號碼記起來了。她的記憶法全是採用影像紀錄方式，就跟相機原理一樣。

她按照記憶中的號碼打電話跟近藤聯絡，他們約好一點見面。

M工大和公會堂的這兩件殺人案是完全不相關的案子嗎？只是時間和地點恰巧相近嗎？而且都有所謂「關鍵鑰匙」的男人存在，甚至還是同一個人。如果這兩件案子眞的不相關，那麼萌繪認爲一定得預先發佈「偶然警報」才行。

萌繪突然覺得自己想到的「關鍵鑰匙的男人」一詞有些可笑，噗哧一聲笑了出來。

「西之園小姐，妳看起來倒挺樂的嘛。」喜多邊吃田樂燒邊說。

「咦？是這樣嗎？」萌繪睁大眼睛故意裝傻。

「是想起什麼有趣的事嗎？」

「嗯，是有一些。」

「難道不是因爲如釋重負嗎？」犀川喃喃地說：「既然已經不用代替明日香小姐，西之園當然會高興啦。」

「咦！」萌繪大叫，從椅子上跳起來。她手上拿著裝田樂燒的盤子，周圍客人的目光全集中在她身上。萌繪趕緊做了個深呼吸，再坐回椅子上。

「都怪喜多老師大嘴巴！」萌繪壓低嗓門，狠狠地瞪著喜多。

「我可是什麼也沒說喔。」喜多猛搖頭。

「那爲什麼犀川老師會知道？」萌繪看向犀川。

「我又不是傻瓜。」犀川瞄了萌繪一眼。「從狀況上來判斷，自然就會產生這種結論了，不是嗎？例如，西之園豪華的銀色鞋子，擔任昨天的模特兒的女性，喜多說讓他想起年輕時候的話，爲何西之園一大早就到那裡，大御坊究竟拜託自己的表妹做什麼……等等，都是線索。也就是說……筒見明日香小姐可能有說過不想做之類的話吧？竟然會在那間準備室的屛風後面換衣服……如果這些訊息還能導得出其他結論，我願意洗耳恭聽。」

「如果是像衣服髒了，跟別人借衣服來換之類的理由呢？」喜多打趣地說。

「要是眞的這樣，那不但不用瞞著我，也不會讓喜多這麼樂不可支了。」犀川露出淺淺的微笑。

「沒辦法了。」萌繪縮起脖子嘆起氣來。

「又不是壞事，沒什麼好隱瞞的。」犀川輕描淡寫地說。

「反正你沒看到，」喜多說：「而我有看到。既然都到這個地步，就讓我們把話講清楚吧。今天早上的帳，我們就這樣就算扯平了。」

「喜多老師！」萌繪瞪著喜多。

「這種事沒什麼好大聲嚷嚷的吧。」犀川喝了口茶。

「我哪有大聲嚷嚷啊！」萌繪越來越氣憤。

「好吧。」犀川又瞥了萌繪一眼後，轉向旁邊去喝茶。「其實喜多感情用事的思考模式，已經超出我的理解範圍了。我們回歸正題吧。昨天那些幫穿著那套服裝的筒見明日香拍照的人，其實反而滿可疑的。」

「咦？爲什麼？」萌繪因爲犀川出乎意外的發言，而驚訝地忘了呼吸。

「因爲她是被叫到那種地方的啊。」犀川又掏出香菸。「她沒有理由自己到那裡去吧？那時天色已經完全暗下來了，她不可能一個人走到四樓的。如果是忘記拿東西的話，她一定會跟警衛知會一聲。我想那地方不是她遇害的地方，而是殺她的人所挑選的。她當時應該是被約到那個地方的吧？她在那個房間被砍頭，應該是本案的重點……爲何一定要偷偷潛入公會堂四樓才行呢？應該還有更多更安全的下手地點吧。如果一開始就打算把頭拿走，打從一開始就應該不會選這麼不利下手的場所吧？換言之，既然兇手特意要將被害者叫過來，那麼那個地方就有兇手之所以會選擇的理由。我這樣想是很自然的吧。不管她是被找去的，還是被誘拐去的，總之一定有個讓她回到那裡的理由。說不定，兇手是希望她再穿一次那套服裝呢。」

「感覺眞不舒服……」萌繪皺起眉頭低聲說。那種意義不明令人發毛的動機，在她的頭中轉換成影像。

「原來如此，還滿有道理的。」喜多輕輕點頭。「可是，那套衣服不是在案發現場的相反方向，西側準備教室裡嗎？」

「那到底是怎樣的一套衣服啊？」犀川一本正經地問萌繪。

9

犀川和喜多坐進黃芥末色的小車，離開了公會堂北側的停車場。萌繪雖然也一度假裝坐上自己的車，可是等到犀川的車消失在視線之外，她又打開車門從駕駛座上出來。雖然覺得這樣欲蓋彌彰的自己很滑稽，但最近她心中覺得自己滑稽的次數愈來愈頻繁。現在對她來說，應該是要成爲大人的過渡期吧？再長大一點，說不定連會在意很多小地方的自己，她會都忘記，在萌繪的心中，隱藏著這樣微小的期待。

到M工業大學的是一條到底的道路，坡度有點傾斜，左邊是大學醫院。這醫院和研究設施，都屬於萌繪所就讀的N大所有。聽說在很早以前，在鶴舞這裡也有N大的校地……對了，她有聽諏訪野說過，鶴舞公園在戰前曾經是個動物園。動物園和N大學，都是在諏訪野口中的「最近」時搬到東山地區的，只有N大醫院還留在這邊。

諏訪野，就是和萌繪一起生活的老人。早在她出生之前，諏訪野就一直侍奉著西之園家。只要是諏訪野用「最近」兩字所形容的時間，大概都是指二次大戰之前的時代了。

直到最近幾年，圓筒型的高樓在這裡平地而起，以彷彿威嚇著造訪者（當然連只是經過的路人也是）般的氣勢，傲然聳立在院區的中央。

道路的盡頭呈現T字狀，國立M工業大學的正門就面對著道路。那是間頗具歷史的工科大學。新建的大門，粗糙的水泥牆設計具有現代感，還有個八位數被刻在很明顯的位置。萌繪對這個數字的含意有些在意。當她穿過大門，走進校園時，迎面就是一個類似紀念碑的造型物，上面刻的數字，一樣是八位數。甚至在距離這裡稍遠的地方，也出現一個同樣是八位數的數字。

她停下腳步，駐足遠眺那些數字。三個都是八位的阿拉伯數字，這三個數字的共通點是開頭和第五位都是1。經過五秒鐘的思考，萌繪想到了答案，用力點頭後，又繼續邁開步伐。

原來如此，這眞是工科大學才會有的人選。其實不是八位數，而是兩個四位數連在一起。

只要察覺到這一點，就能簡單地得到答案。那是陽曆的記年，換言之，就是人的生卒年，用來暗示對工學領域有貢獻的三個偉大科學家。工學院有電子、機械、化學、建築、土木、金屬，科系種類繁多。如果要從科學史上選出各領域共通的先驅者，非這三個人莫屬了。如果想要舉出其他人和他們評比？是克勞德路易・納維（Claude–Louis Navier）（註九）、阿茲・克黎（Arthur Cayley）（註十）、約瑟夫路易・拉格朗日（Joseph–Louis Lagrange）（註十一）、約翰尼斯・伯努利（Johannes Bernoum）（註十二）、布萊斯・帕斯卡（Blaise Pascal）（註十三）、斯托克斯（Sir George Gabriel Stokes）（註十四）、還是愛因斯坦（Albert Einstein）呢？他們果然都因爲領域專業化的關係，不免有所偏向。還有，很可惜的是，這裡面日本人……不！連一個東方人的名字都沒有。那麼，如果是西方的大學，是不是就會選擇東方的科學家呢？

有個導覽看板豎立在那裡。看過地圖確認地方，萌繪就朝著化學工學系前進。

研究大樓玄關前有數輛警車和黑色箱型車。校園內有近代化的高樓，但這棟研究大樓看來像是老舊的建築。穿著制服的警察站在玻璃門的入口後方，萌繪向他們報上近藤刑警的名字後，便獲得進入的取可。那些警官仍一直盯著她看，但萌繪毫不在意，直接走上前廳深處的樓梯。

地板到處都是瓷磚剝落的痕跡，金屬窗框上的油漆也顯得斑駁不平。這種類似骨董般經過風化的感覺，非常符合國立大學的氣氛。剛唸N大的當時，萌繪明明還對此感到厭惡，也許是習慣了，她最近反而喜歡上這種氣氛。從出生以來，只有這個例子讓她切身體會到所謂的「習慣成自然」。

到了三樓，她向兩側的道路進行確認。站在走道深處的近藤看見她，便面帶微笑地向她走近。

「妳好啊，西之園小姐。」近藤拉高嗓門，像極男孩變聲前的高音，難道他是只有二十幾歲的年輕人？近藤的個子高，有張圓圓的娃娃臉，戴著無框的小眼鏡。「那裡已經結束了嗎？聽說事情鬧得很大呢。」

「你好。」萌繪低頭行禮。「嗯，你已經聽說過案情了嗎？」

「應該，是這樣吧？」近藤一隻手水平地靠在脖子那邊一劃，齜牙咧嘴地說：「西之園小姐有親眼看見屍體吧？」

「看到一點。」

「嗚啊。」近藤皺起眉頭。「難道妳不會覺得噁心嗎？」

「不會。」萌繪搖頭。「我有朋友在唸醫學院，她每次都講更多恐怖的事給我聽。」

「請往這邊走。現場幾乎都已經調查完畢了，現在重點轉移到室外了。」

近藤領著萌繪往前進。在走道盡頭要轉向逃生梯入口的附近，出現了鑑識課搜查員的身影。近藤停下腳步，把右邊的北側門打開，招呼萌繪進去。在萌繪往掛在門上有「河嶋實驗室」字樣的門牌瞄了一下，就跟著走進室內。現在室內並沒有任何人在。

如果不知情的人在一旁看到這個光景，多少會感覺到氣氛有些詭異吧。堂堂的愛知縣刑警（雖然近藤樣子像是小學老師），居然對一個樣子像大學生的女孩畢恭畢敬，不管是誰都會覺得不可思議吧。之所以會這樣，有先天和後天兩種原因。

首先，西之園萌繪亡父的弟弟，也就是她的叔叔，就是愛知縣警局本部的部長，西之園捷輔本人。在縣內，沒有比西之園捷輔地位更高的警界人士。由於萌繪的雙親在她高中時意外去世，西之園捷輔成爲萌繪的監護人。這層親屬關係，也許就是她先天辦案潛力的來源。

不過，後天的原因，更是決定性的要素。自從西之園萌繪就讀於當地首屈一指的國立N大工學院的這三年間，遭遇過好幾件不可思議的案子，比如像妃眞加島研究室案、N大極地環境研究中心案、三重縣青山高原案或去年的女大學生連續殺人案等等。這些案件的偶然參與（她自己是這樣想的），更強化了她的能力。

萌繪跟愛知縣刑警們的來往，不知從何時開始，已經超越了偶然的程度。最近她開始會主動接觸案子。如果要舉更多例子，像去年年底的岐阜縣明智町案、發生在今年夏天的瀧野池魔術秀案，都是她主動接觸的。

對她這樣的舉動，叔叔西之園捷輔當然是不太贊成；至於她的另一個監護人佐佐木睦子（她現在是愛知縣縣長夫人），也是血壓上升地拼命反對。不過縣警搜查一課的年輕刑警們卻違背他們的想法，很快地跟西之園萌繪熟絡起來，不但定期舉辦後援會的聚會，竟然在警局的伺服器裡也秘密架設起萌繪後援會的網頁。鵜飼大介和近藤健就是其中的代表，甚至是西之園的頭號支持者。

不管從什麼層面判斷，西之園家族都具有非常顯赫的背景，而萌繪正是這個非常富裕家庭的獨生女。她人生中的不幸，只有集中在她高中時雙親死於空難這一點上，至於其他的部分都像是棉花糖一樣柔軟、明亮、平穩和溫和，充滿著甜蜜幸福的感覺。其實對西之園萌繪而言，她並沒有特別憎惡犯罪的人，也沒有像是主持社會正義這類容易對人說明的動機。因此在追查殺人案的過程，嚐到一點膽戰心驚的感覺，對她而言就像是大學新生的社團活動，或是每周一次在文化中心三樓舉行的研習一樣，是個性興趣使然，完全沒有誇大其詞。以客觀角度來說，事情就是如此。

附加的一點，就是她對犀川創平副教授的感情，連萌繪本身也沒辦法輕易地說明她對犀川的感情。唯獨可以肯定的一點是，她在案子上的興趣，常常是跟犀川產生牴觸的旅行。

這樣說來有些感傷。就算平常是爽朗率直的她，想到犀川還是會眼眶濕潤，說話有氣無力。對一般人而言，這樣的動機實在是不可思議，就算將其他事物相乘出來的數字是大得可以的質數，仍沒有任何東西可以將它分解。

由於動機的基本原理尚未解開，讓她依舊按照慣性行動，如果犀川副教授無預警的出現，萌繪便會用不可思議的態度接受了這個事實。

（啊啊，老師來了呢。）

她會很坦然地產生了安心感。

這份感情，該怎麼說明是好？

早上站在斷頭的屍體旁，她居然像是在跟等待的戀人揮手般，心情雀躍不已。

她有預感，這將是一個新冒險的開始。

這眞是太輕率了吧？如果這算是輕率，又是誰定義的呢？

萌繪沒有任何想讓自己合理化、符合社會常規的念頭，沒有這個必要。也許別人會認爲這樣太輕率，不過所謂的輕率到底是什麼？它的界線又在哪裡呢？

地震學者在大地震發生時高興地出門去是輕率嗎？醫生跟染有稀有怪病的患者爲伍是輕率嗎？當核分裂可以被利用在某方面時，科學家是無比興奮，也是輕率嗎？那麼，把自己的孩子送上實驗檯的人是誰？第一個用滑翔翼飛翔卻墜落摔死的人又是誰？

她西之園萌繪，絕對不是無視於別人不幸的人。不過不論是用功提升成績、在體育競賽中取得勝利、經商成功存很多錢，或是在社會上出人頭地，全都是榨取自別人身上的幸福，所以在某處也一定會有某人正陷入不幸。

到底「輕率」的界線在哪裡？拿「爲了社會」或「爲了正義」之類的說辭當作藉口並沒有不對。不過如果是打從心底眞心相信這個的話，那就是僞善了。這樣的精神如果是眞的，那麼無論是警察、政治家或是教育家，就可以組織一個龐大的義工團體了……

「這裡的洗手檯裡有血液反應。」近藤刑警的聲音，讓萌繪拉回失控的思緒。她終於從這一瞬間的思考中回過神來。

「那是清洗後流掉的嗎？」萌繪問。

「嗯，沒錯。現在雖然沒有，不過之前這裡的確放有肥皀，而且上面也有血液反應。換句話說……」

「兇手就是用肥皀把血洗掉吧。」近藤點頭。

雖然大致的經過，都已經聽鵜飼刑警說過，不過她還是決定再次向近藤刑警詳細尋問當時現場的狀況。

被害者上倉裕子倒臥的地方（那裡現在只有放著白色的塑膠號碼牌），倒在旁邊的椅子，在地板上破碎的菸灰缸和調合用的化學器皿，桌子上已經吃完的便當，兩扇門和窗戶的上鎖狀況，在被害者白袍口袋裡的鑰匙，置物櫃中的包包，身爲被害人的好友、名爲井上雅美的銀行職員和被害者的電話交談內容，以及斜對面河嶋副教授辦公室裡的那一把鑰匙，都是說明的內容。特別是寺林高司和被害者約八點在這裡見面，以及八點後他仍然沒出現（這點是河嶋副教授和井上雅美的供詞）這兩點，近藤還在說明中特別強調。

「因此，他是在公會堂先殺了一人後，又到這裡再殺了一個。畢竟這裡的鑰匙，也只有他有而已。」

「他是因爲在另一邊把頭砍斷，所以手上才沾了血嗎？」

「這是當然的啊。在那邊現場的犯案房間裡，應該沒有水管吧？」

「不，有喔。」萌繪邊回想著邊說。「公會堂的準備室角落有小的洗手檯，而通道上也有廁所。」

「如果要洗手的話，應該在那邊就洗了。」

「當然啦，也有可能在那裡先洗過一次，可是因爲太暗看不清楚，或洗得不夠徹底，結果走進光線明亮的實驗室後發現自己的手還有血跡，只好再洗一次……」

「上倉裕子的頭上有沾到血嗎？」

「喔，沒有，至少就所見範圍沒有看到。現在應該正在做更完整的檢查了，只要有沾上，哪怕只有一滴也是查的出來的。」

「就算沾到也只有一點囉。那兇手應該是在殺上倉小姐前洗的吧？這裡洗掉的血量有多少？」

「那我就不太知道了。附著在洗手檯不鏽鋼表面上的量好像滿少的。」近藤將手插進外套口袋，每講一句話，肩膀就抽動一下。「光用肉眼看一開始其實看不出來，外面的水管也拆開調查過了，還沒有接到正式的報告。不過我想是不可能得到準確數量的。不只一、兩滴是目前唯一能確定的。」

「難道他在這裡洗完手後……又再回到公會堂嗎？」萌繪離開洗手檯邊在實驗室內踱步。「眞奇怪……而且竟然還把公會堂的準備室上鎖，然後一整晚倒在裡面？」

「就是這樣。他想讓自己被認爲是被害者。雖然這種做法實在稱不上聰明。」

「嗯……如果是這樣的話，不是應該先把門關著別鎖嗎？」萌繪看向窗外說：「他應該知道如果上鎖的話，這種犯罪是不可能成立的，不是嗎？」

「寺林他自己拿著那間準備室的鑰匙嗎？」近藤問。

「大概吧。」本來面向窗外的萌繪，回過頭來看向近藤。「在他被救護車載走時，鑰匙好像從他的口袋中掉出來，後來是犀川老師撿到那把鑰匙的。」

「咦？犀川老師嗎？」近藤發出高音。「那麼老師也在公會堂囉。」

「嗯。」萌繪微笑地點頭。「犀川老師可是有不在場證明喔。他昨晚一直跟喜多老師在一起。」

「妳在開什麼玩笑呀。」近藤哼哼地笑了出來。「這個嘛……好吧，我也認爲把門上鎖這個舉動，的確是有點不自然。」

「不是有點吧。」萌繪說：「是徹底地奇怪吧。」

「西之園小姐認爲寺林不是兇手嗎？」

「當然。」萌繪點頭。

「可是……如果兇手眞的不是他，那就成了非常不得了的密室殺人案囉？」近藤提高嗓門，形成滑稽的聲音。「兇手要怎麼打開這個實驗室和公會堂那邊房間的門呢？」

「很簡單。」萌繪馬上回答，「請你再稍等一下。」

「等什麼？」

「如果是物理上的說明，雖然非常簡單，不過需要經過確認。而且，我無法理解他之所以……要犯案的動機。」

10

星期天下午三點過後，三浦和鵜飼終於能向住在公會堂北邊的大學醫院的一間病房內的寺林高司問話。

今天早上被搬進救護車的寺林，最後只有被運送到幾百公尺以外的大學醫院。根據主治醫生的診斷，他的後腦勺受有重傷，但沒有骨折的跡象，也沒有生命危險。這位年輕的醫師拿X光照片給他們看，解釋說他頭部出血反而是不幸中的大幸。

「頭後面這附近，接近肩膀的地方，也有輕微的裂傷。也就是說，他除了頭以外，身體還有其他部位也被毆打了。至於額頭的傷，我想大概是倒地時撞到地板造成的，沒什麼大礙。另外在右手腕外側有相當嚴重的內出血，雖然我並不是外科的專業，不過……大概是被打時，本能上採取防禦而造成的吧。」醫生舉起一隻手做出類似扭轉的動作。「就像這樣子防禦。因此，第二擊閃過頭部，轉而命中脖子。但是力道強的是第一次攻擊，那就足以讓他失去意識了。」

「那會一直昏迷到早上嗎？」三浦追問。

「不，這我就不知道了。」醫生搖頭。他很明顯地比三浦年輕，白袍下穿的是牛仔褲。「請你們自己去問本人吧。他的意識已經完全恢復了。」

「知道是用什麼兇器毆打的嗎？」

「我等一下會跟警方的專家討論，可以請你等我做出結論嗎？畢竟我並不是這方面的專家……」

在救護車抵達醫院時，他就已經恢復意識了，在接受治療的同時，也可以很正常地跟醫生對話。醫師表示，寺林高司的傷勢只要這兩、三天沒有惡化，就可以出院了。

病床上的寺林高司，繃帶從頭頂纏到下巴，像忍者的頭巾一樣。他的臉色蒼白，長出鬍子，眼神迷濛渙散。

聽到三浦和鵜飼報上自己的身分，反應仍是很遲鈍。

案子的一切內容，三浦都絕口不提，只催促寺林說明事情的經過。昨晚的事情從他口中娓娓道來，其實非常單純。因爲他跟人約好八點要在學校見面，所以在距離八點還剩十五分鐘時，他就準備要從公會堂四樓的準備室離開。當他關上房內的電燈，要從外面把門鎖上時，背後突然遭到重擊，之後就什麼都不記得了。以上就是全部內容。

「想不起其他的事嗎？」三浦低聲再做確認。他的視線依舊緊盯著寺林不放。而寺林的目光聚焦在眼前的牆壁上。

「是的，我醒來時，已經是早上了。」寺林皺起眉頭。「好像有某個人要把我叫醒……可是頭好痛……非常地不舒服。在那之後我雖然意識朦朧，還是記得被運送到醫院時的事情。「之上前被搬上救護車的過程，我也記得……一點點。」

「你認爲發生了什麼事？」

「是強盜吧？」寺林看著三浦問：「我的模型沒事吧？我一直都在擔心那個……」

「模型？」

「嗯，那房間裡應該有個模型。還好嗎？沒弄壞吧？」

「好，我們之後會再確認。」

「那是人偶，放在透明的壓克力盒裡，我記得應該是放在桌上。」

三浦心想，現場明明就沒有這種東西。鵜飼也瞥了三浦一眼，不過他們目前還是保持沉默。

「在被抬離房間的時候，你沒有看到周圍的情形嗎？」三浦繼續追問。

「沒有，因爲很不舒服……只想起自己頭部被打傷……我就開始產生既然要被送到醫院……就不會死了……之類的想法。」

「遭到毆打的時候，你確定是在那間房間外面嗎？」
「是的。」
「可是，你今天早上卻是倒臥在房間的最裡頭啊。」
「這樣嗎……」
「你被打了幾次？」
「不知道。」
「一次？還是兩次？」
「不記得了。」
「對方是誰？是怎樣的人？」
「因爲很暗，所以我完全不清楚，而且對方又是從我背後偷襲的。」
「準備室的門是鎖上的。」三浦用沈穩的口氣打斷。
寺林無言地看著三浦的臉。
「不是你鎖的嗎？」三浦問：「鑰匙應該在你那邊吧？」
「我不太清楚……」寺林眼神呆滯，面無表情地搖搖頭。
「鑰匙放在哪個口袋裡？」
「不，你弄錯了……那個……我……是在關門時被打的，所以也就是說，鑰匙是插在門上
……」
「你確定嗎？」

「是的……」

三浦從上衣口袋拿出照片。那雖然是公會堂被害者的照片，不過只有拍胸部以下全身，及手和腳特寫的三張照片。

「你可以看看這個嗎？」

寺林神經質地瞇起眼睛，蹙著眉頭，非常專注地看了這三張照片好一會兒。然後他突然睜大眼睛，抬起頭來。

「是明日香小姐吧？」寺林問。

「咦？你是說誰？」

「這是筒見明日香小姐啊。這是在照什麼……她怎麼了？」

「爲什麼你確定是筒見明日香？我想應該是沒照到臉才對啊。」

「嗯嗯……」寺林的目光又再次落在照片上。「但這……是她沒錯。到底怎麼了？」

「她死了。」三浦回答，「有照到血不是嗎？」三浦全神貫注地觀察寺林臉上的表情。

寺林又再看了一次照片。「不會吧……爲什麼？難不成……」他講到這裡時陷入了沉默。

「難不成什麼？」三浦用不經意的語氣問。

「難不成是被殺害的嗎？」寺林眼睛仍然盯著照片，低著頭小聲地說：「警察拍了這種照片……這是在房間的中央，不是在車禍現場吧？所以也只有這種可能……」

「雖然這很難開口，但是在你昏迷的房間裡拍的，她就是死在那裡。」

「那個房間？爲什麼？」

「這個嘛，我也不知道爲什麼。」

「是把我打昏的人殺的嗎？」

三浦默默地回瞪寺林。

「她的頭也被打了嗎？照片上沒拍到……是不是很嚴重？」

「等一下，寺林先生。」三浦緩慢地呼出一口氣。「不好意思要再問你同樣的問題……你爲什麼知道她就是筒見明日香？可以請你說明一下嗎？」

「嗯……這個……因爲外套跟她昨天穿的那件一樣，所以我不禁就……」

「不。」三浦依舊瞪著他說：「那不是同一件外套。筒見明日香昨天曾經從公會堂回過家，並換過衣服。因此她的服裝跟她昨天下午在公會堂時所穿的並不相同，還是你有看過做這樣打扮的她？」

「對不起……」寺林閉上眼睛搖頭。「其實不是這樣的。我之所以能認出是她……並不是因爲服裝。」

「那是因爲什麼？」

「手臂和腿的形狀。」

「手臂和腿的形狀？」

「是的……我是做人偶的，所以這個比一般人看得多。」

「人偶？」三浦用指尖把眼鏡推上去。

「那被稱爲人偶模型，跟塑膠模型差不多大小。雖然材質不太一樣，但的確是屬於塑膠模型的一種。公會堂的展示會上也出現很多這樣的作品。我都是自己設計，然後定型製作的。」

「你似乎對筒見明日香小姐很有興趣，是嗎？」三浦稍稍露出微笑。那是企圖要讓對方放心的演技。

「嗯。」寺林點頭。「她的身材很勻稱漂亮，如果說我對她有興趣的話……嗯，的確是有的……我認爲她是一個很棒的模特兒。」

「她的臉，你覺得怎樣？」三浦問。

「什麼意思？」

「沒什麼……我意思是你喜歡她的臉嗎？」

「當然囉。」寺林有些詫異地回看三浦，輕輕點頭。「對了！筒見……筒見紀世都先生還好吧？他目前情況如何？」

「雖然他看起來似乎很沮喪，卻還是挺堅強的。你擔心他嗎？」

「嗯，畢竟他一直非常疼愛明日香。」

「這樣嗎？」三浦點頭。

「寺林先生。」這次換鵜飼開口。「你認識上倉裕子小姐嗎？」

「咦？是的，我當然認識。」

「昨晚你跟上倉小姐有約好要見面嗎？」

「是的。我剛才也講過是約在八點。我和她約在大學實驗室，要跟她針對星期一開始的測定活動進行討論。嗯……難不成上倉小姐她到這裡來了？」

「你手上有那間實驗室的鑰匙吧？」鵜飼追問。

「啊，嗯嗯，是在我手上沒錯。」寺林環顧四周。「可是現在我不知道它在哪裡，它應該是跟車鑰匙串在同一個鑰匙圈上才對。我記得的確是在我上衣的口袋裡。咦？我的上衣呢？」

上衣他們當然也檢查完了，不過並沒有發現那個鑰匙圈。

「學校那間實驗室的鑰匙，你知道全部有幾把嗎？」鵜飼用不疾不徐的語氣問。

「這個嘛……」寺林回答，「我就……不太清楚了。那要去問上倉小姐她才對……不過，爲什麼要問這種事？」

「那間實驗室的鑰匙，一直都是寺林先生保管的嗎？」

「不，我是二天前借的。那是研究生共用的鑰匙。只有上倉有一把她專用的，因爲她是最常使用那間實驗室的人。而且我剛到這個學校，怎麼可能會知道一間實驗室有幾把鑰匙。」

「是這樣嗎……」鵜飼點頭。

「刑警先生，鑰匙到底怎麼了？」寺林滿臉覺得不可思議的表情。

「你和上倉裕子有特別的關係嗎？」三浦唐突地丟出問題。

「特別？請問……特別是什麼意思？」寺林不禁覺得有點爲難。「怎麼了？爲什麼上倉小姐跟這個有關係？」

「你車子停在哪裡？」鵜飼追問。

「嗯，昨天是……沿著高架橋停的。就在公會堂的正西邊……那裡雖然是禁止停車，不過每次停都沒問題。」

那裡當然也是他們已經搜查過的地方，沒有找到寺林的車子。
三浦覺得越來越不耐煩，注視著眼前的寺林高司，開始認爲他也許不是兇手。

11

傍晚六點，在N大學工學院四號館四樓南側的某一個房間裡，西之園萌繪強忍著呵欠，眼睛一直盯著國枝桃子。她們各自在桌子的兩側，面對面坐著。
「跟歐洲編碼比較起來，澳洲編碼的特徵爲何？」國枝桃子用沒有抑揚頓挫的語調問她，手上拿著萌繪寫的報告。
「關於那方面我還沒做出整理……」萌繪回答，「不過大致上來說，我想不管就理論面，或是就正確性的推廣面而言，它都在文字上表現出重視效率和性能的精神。我不知道這個想法是否有實際例子可以做佐證，但至少它在文字表述上意圖是十分具有未來的前瞻性。」
萌繪實在不知道自己究竟在說什麼。她眼前放著一疊英文文獻的影印紙本，是跟都市計畫法相關的計畫書，而她交給國枝的則是文獻內容的摘要。
「嗯，是啊。」國枝微微點頭。「好，這一點你明白就好。」
「有必要全部翻譯嗎？」
「不用。」國枝面無表情地回答，「不過如果你自己需要的話，全部翻出來也無妨。」
聽到電話聲響，國枝將椅子轉了一百八十度，拿起桌上的無線電話。

「喂，我是國枝。」

國枝桃子是萌繪所屬研究室的助教，女性，現年三十一歲，身高比萌繪高十公分。國枝雖然已經結婚兩年，但還是繼續沿用自己的原姓國枝。平日非常男性化的她。不但總是穿男裝，頭髮還比犀川更短。於是她結婚時穿什麼衣服，有沒有化妝之類的話題，一直在學生之間引起熱烈討論。

犀川副教授的房間，就在國枝助教的隔壁。今天雖然是星期天，不過犀川副教授和國枝助教在研究室的機會反而還比平日為多。剛才從隔壁房間也有傳來談話的聲音，應該是有客人去犀川的房間拜訪。

國枝桃子拿著無線電話站在窗邊，看著窗外說話。窗外隔著道路對面的大樓，是大型電算中心，那裡假日時並沒有職員。此時太陽幾乎下山了，那邊陰暗的窗戶上，反射著這邊研究大樓的燈光。

講著電話的國枝，幾乎都是以不帶感情的「嗯」或「是啊」回答，讓人搞不清楚她究竟在電話裡談些什麼。就算不是講電話，她平常也是沉默寡言且頭腦冷靜。萌繪從來沒看過國枝有暴跳如雷或捧腹大笑之類的情緒表現。雖然她也許是想要以不做無謂的反應，來作為節省能量的手段，不過就很多方面來說，國枝的字典裡就不存在「浪費」這個詞。

大概在兩小時前回到學校的西之園萌繪，在走廊另一邊的實驗室裡打報告，因為國枝助教交待了課題，期限是星期一，所以今天要把作業完成才行。而且課題是萌繪論文主題的一部分，因此也算是她準備論文的基本工作。

當她終於結束報告，正想到犀川副教授的房間去談案子的事情時，國枝桃子突然出現，知道萌繪已經完成課題，表示乾脆馬上指導好了。於是在萌繪被國枝強拉到她的房間後，到現在已經過了一個小時，還是無法脫身。

她豎起耳朵，想要偷聽隔壁的情形，不過除了偶爾聽到細微的笑聲外，還是不知道到底是誰來拜訪犀川副教授。

「我知道了，再見。」國枝說完便切掉電話，把電話放回桌上，然後看向萌繪。「西之園，抱歉，我現在要出門一下。」

「好，沒關係。」萌繪回答時，努力克制自己不要露出喜不自勝的表情。「明天再繼續吧，到時再拜託妳了。」

「嗯，只要跟之前的文獻作個整合就可以了。」

「我知道了。」萌繪站起來，將資料放回檔案夾。「對了，國枝老師。」

「什麼事？」

「沒什麼……」萌繪輕輕地聳聳肩。「這是題外話。星期天妳跟丈夫都做些什麼呢？」

「沒做什麼……」國枝一隻手放在眼鏡上說：「我星期天和平常應該是沒什麼兩樣才對。妳想說什麼？」

「你們不會一起出去嗎？」

「喔，妳是指這個啊。」國枝笑也不笑地說。如果是不認識她的人，應該很容易把這當成是生氣的表情吧。「我們現在就是要出去。原來妳還有閒工夫擔心我的事啊。」

「難道剛剛那通電話，是妳先生打來的嗎？」萌繪拉高音調。
「沒錯。」
「你們要上哪去？」
「跟妳沒關係吧。」
「我想看老師的先生嘛。」
「用先生這個詞我不喜歡，連老公也是，因爲這兩邊都不是最恰當的表現法。」
「那麼……要怎麼講才對？」
「什麼都別講就對了。」國枝將桌子整理好。她從來不跟外人談論自己另一半，難怪她對於要如何把先生介紹給別人的問題，不能做任何答覆。
只有兩個人在的時候，她是怎麼稱呼先生的呢？如果只有兩個人的話，那稱謂也免了吧。畢竟對凡事講求合理的國枝桃子來說，應該是不會思考這種無謂的事情吧。
當萌繪一臉呆滯地站起來時，國枝往她這裡看了好一會兒。
「好吧，如果是非說不可的情形的話，嗯……」國枝稍微揚起一邊的眉毛。「應該是『結婚對象』吧。好了，妳居然還有時間想這種蠢事，難道妳沒別的事好做了嗎？趕快出去吧。」
萌繪嫣然一笑，低頭行禮後。便離開了國枝的房間。她很希望可以直接到犀川的房間，但還是決定先回走廊斜對面的實驗室一趟。那個房間是供犀川研究室四年級學生使用的空間，一進去會先看到一張面談指導用的大桌子，至於房間更裡面的地方，則擺著三張上面放有蘋果電腦和螢幕的書桌。萌繪的桌子在房間內最裡面靠窗的位置。

走進實驗室，萌繪發現之前只有她一個人的房間，現在多了同學牧野洋子和金子勇二。
「星期天還在接受指導？」在桌子旁看漫畫的金子對進門的萌繪說。
「嗯，被國枝老師逮住了。」萌繪經過金子身旁回答，「唉，犀川老師房裡的客人是誰？」
「不清楚……」在自己的桌子上網的牧野洋子說：「剛才只有聽到敲門的聲音。」
「對了，剛才國枝老師的丈夫打電話給她喔。」萌繪對洋子說：「不過她表情完全沒變呢。國枝老師實在太強了。」
「哪裡強啊？」洋子覺得很不可思議地問。
因爲不知該怎麼回答，萌繪只好聳了聳肩，將裝有文獻的資料夾放在自己桌上，然後在椅子上坐下。
之後，她跟牧野洋子的話題，都圍繞在國枝桃子助教怎麼稱呼她的「結婚對象」上面。萌繪最近有很多直接接觸國枝的機會，所以對國枝所有的舉動都很在意。國枝超越了女人的定義，擁有以一個「人類」來說，算是極爲洗練精簡的人格。萌繪不禁心想，如果人格眞有設計圖的話，那國枝桃子的個性，應該是以明確、一貫的合理思想來作爲設計的藍圖吧。
當她極力主張這個想法時，邊用電腦邊跟她聊天的牧野洋子嘻嘻竊笑起來。
「什麼嘛，那不就……像機器人一樣嗎？」
「就是機器人沒錯。不過，我這樣說並沒有惡意。」萌繪說。她轉向默默聽著她們對話的金子勇二。「金子，你不這麼覺得嗎？」
「從表面上來看，設計都是很理想的，不是嗎？」金子的回答伴隨著沉重的鼻息。「所謂的設計大部分不都是這樣嗎？」

「金子，難道你討厭國枝老師？」萌繪問。

「我沒這麼說。」

「那你又是什麼意思？」

「我說大小姐，」金子嘆口氣，搖了搖頭。「這只是一般的說法啦，而且這是我個人的主觀想法，所以妳也不用在意……真是的，所以我說女人講話就是讓人傷腦筋嘛，什麼事都要扯到喜歡討厭的，這應該沒有關係吧？就算是我沒有說明的非常清楚，這種程度的小事妳也應該了解才對。」

「『女人講話』這句話也是一般的說法？」

「那只是……妳怎麼問，我就怎麼答而已。不好意思，我跟妳道歉。」

「好啦。」萌繪露出微笑。「我也有錯，對不起。」

「犧牲的部分越多，設計當然就能越洗練。越削會越尖本來就是設計原本的含意，同時也是頂尖這個形容詞的定義，對吧？這是不言自明的事。」

「是啊。簡單來說，問題就在於有沒有犧牲的勇氣囉？」

「嗯。」金子點頭。「就是這樣。」

「金子是怎麼稱呼你的女朋友的？」牧野洋子問。

「妳所謂的『女朋友』，是指誰啊？」

「就是正在跟你交往的女人。」

「那牧野又是怎麼稱呼的？」金子反問。

「咦？」

「雖然我不知道到底是妳追他還是他追妳，不過對方是男的就是了。」

洋子嘟起嘴巴不發一語。

「好啦……是我不對。」萌繪站起來插入兩人之間。「要不要談些別的？」

「不要再做無聊的爭論了，感覺好蠢。」金子不屑地笑，捲起漫畫的書頁。

牧野洋子背對著金子，對萌繪作個歪嘴的鬼臉。

這時門開了，犀川副教授將頭探進房內。

「西之園同學，過來一下。」他講完後就馬上關起門，連讓萌繪回答的機會都沒有。

「拜拜。」洋子靈活地動了動張開的五指，小聲地說：「我要先回去了。」

萌繪站起來走到門邊，金子依舊看著漫畫，沒抬起頭來。萌繪於是向洋子揮揮手後，就走出了房間。

在橫越走廊到達犀川房門前的幾秒鐘內，萌繪針對「人的稱呼」做了短暫的思考。

金子勇二叫牧野洋子「牧野」或「妳」，對萌繪則是叫「大小姐」，幾乎沒有叫過「西之園」或「妳」。被儀同世津子叫「創平」的犀川，萌繪是叫他「老師」，犀川叫萌繪則是「西之園同學」。

被對方怎麼稱呼這件事，難道也是包含在自身的機能也就是設計裡嗎？

很可能就是這樣。

只要想想人們是怎麼稱呼自己所喜愛的偶像或是卡通人物，就可以了解這個道理。通常被辯解成是別人的思考、別人的感覺或別人的價值觀現象，其實是在反應自身的機能，以及代表自身意志的一部分。

反過來說，人類所有的造型都是在這裡形成，而我們之所以會在不可能成爲生物的人工物品上，看到「生命」的假象，也是基於這種心理作用。

連小孩子也能替娃娃取名字，就算對象不是活的，人也能把它看成是活的。當然，就算在對方是活的情形下，也有一部分人會擅自給他另一種生命的意義，擅自爲他取名字。

究竟這種機能爲何會產生，萌繪仍在思考中。

12

「啊，原來是喜多老師嗎？」萌繪有些驚訝。

造訪犀川房間的客人，就是土木工學系的喜多副教授。在六個小時前，他們還在鶴舞公園一起行動。

「我們已經把難懂的話都聊完了，所以想找妳來喝杯咖啡。」犀川在桌子上坐下說。

「你這種說法對她很失禮耶。」坐在椅子上翹起腳的喜多微笑地說：「才沒什麼難懂的話啦，只是在談無聊的工作話題而已。」

「你那想法也只是因爲『難懂等於高尚』的扭曲定義而產生的偏見罷了。」犀川喃喃說著。

「只要讓我喝咖啡，我就沒什麼好抱怨了。」萌繪插入兩人之間的對話，陪以微笑。

咖啡機已經設定，蒸氣不斷湧出，一滴滴黑色的液體正滴落進玻璃壺裡。

「剛剛在隔壁跟國枝小姐講話的，就是妳嗎？」犀川邊點菸邊說。

「是的。」

「有人打電話來吧？那是國枝小姐的丈夫打的嗎？」犀川用指尖撣了下香菸。

「啊，沒錯。」萌繪依舊站著。「老師，你怎麼知道這個？」

「會在星期天這個時間打過來的，也只有他了……」

「咦？難不成那個人常常打來嗎？」

「嗯。」犀川彎起嘴角微微一笑。「國枝小姐結婚後唯一的變化，只有每個星期日傍晚的熱線而已。而我的秘密推測，是到現在才得到印證。」

犀川站起來從餐具櫃上拿出杯子，萌繪則幫忙把咖啡倒進杯中。咖啡杯被端上桌時，犀川拿出報廢的磁片代替杯墊，把咖啡杯放到彩色的磁片上面。

回到桌子後面，犀川陷入座椅。萌繪也在喜多的旁邊坐下。

「再來，我們就聽西之園同學講話吧。」犀川說。

喜多也望著萌繪的臉點頭。

雖然萌繪對這個極爲難得的狀況感觸良多，不過她忍住抒發感受的衝動，只是將今天下午在M工大所看到的一切簡單說明了一遍。不論是時間地點都非常接近的兩件殺人案，公會堂無頭女屍和M工大的勒斃女屍，其共通的關鍵字就是「密室」，而共通的關係人就是寺林高司。

「那個寺林先生會被懷疑也是理所當然的。」喜多也點起菸說：「如果他不是兇手，這兩個房間要怎麼從外面上鎖就會成爲問題焦點。這情形感覺起來，很像西之園妳最喜歡的『那個』吧。」

「你不要太煽動她比較好。」犀川喃喃指責。

「不要緊。我又不是那種容易受到煽動的小孩子。」

「還眞是對答如流啊。」犀川低聲說。

看來，他是在評論萌繪的說詞或語氣。

「對了，喜多老師。」萌繪問：「你把寺林先生抬出去的時候，他有拿著鑰匙嗎？」

「我想應該是沒有拿。」喜多回答，「當時我並沒有去調查他的口袋，而且也不是做這種事的時候。不過既然鑰匙是創平在玄關撿到的，就算把它當成是從他口袋掉出來的，也不會不自然吧？」

「這就是問題所在。」萌繪豎起食指。「也許犀川老師撿到的鑰匙，並不是從寺林先生的口袋掉出來的，我們也可以認爲那是有人故意把鑰匙丟在那邊的。也就是說，那個人是故意要讓別人覺得，那鑰匙是屬於被救護車載走的寺林先生所有。」

「哦……」喜多沉吟著。「是嗎……」

「這樣一來，公會堂準備室的命案現場就不是密室了。」萌繪繼續說：「如果鑰匙不在房間裡的話，那就代表只是某人使用那把鑰匙從外面鎖上。而且這同時也代表那個人可以拿得到寺林先生手上的另一把鑰匙，也就是M工大實驗室的鑰匙。兇手一開始先在公會堂殺害筒見明日香，打昏寺林並搶走兩把鑰匙，然後去M工大在實驗室殺害上倉裕子後，把那邊的門鎖上，再回到公會堂，把實驗室鑰匙放回寺林先生的口袋裡。之後兇手的行動大概是先將明日香小姐的頭砍斷，再把房門鎖上逃走。」

「咦？結果M大的鑰匙還是在寺林手上嗎？」犀川問。

「啊，對喔……那把還沒找到……」

「不過兇手應該是故意把準備室的鑰匙遺落在那邊給犀川撿吧？」喜多說：「也就是說，那時一定有人在那裡。」

「嗯，他一定是料到寺林先生會被抬出來。」萌繪立刻回答。

「爲什麼要把準備室鎖起來呢？」犀川吐了口煙。

「我想兇手應該是想製造密室。」

「爲什麼他想製造密室呢？」犀川又再追問。

「爲了讓寺林先生成爲殺人犯。」

「應該是相反吧。房間不要鎖上還比較妥當。」犀川依舊面無表情地說：「沒必要把那間房間變成密室。」

「不過犀川老師，就因爲門鎖上了，才能造成只有寺林先生才可能犯案的誤判。另外我們也可以當成兇手並不知道只有寺林先生才有鑰匙，而他之所以鎖門，單純是爲了拖延被發現的時間而已。」

「這個說法還比較合理。就公會堂一案來看的話，的確是這樣……」犀川稍微歪著頭。「如果頭沒被砍斷的話，事情也許就如西之園同學所說的一樣。」

「當完全的密室裡只有屍體和傷者兩人時，殺人兇手通常就是活著的那個人。」喜多用比他平常的音量要小的聲音說：「可是那裡的屍體沒有頭……這樣一來，就表示有把頭帶走的人存在，而這一點就讓密室這個條件變得沒有意義了。」

「或許它們是獨立的案子。」犀川說。

「你意思是兇手有兩個人囉？」喜多問。

「嗯。」萌繪點頭。「的確也有地點和時間碰巧太過接近的可能。如果是這樣的話……」

「那就是鎖的問題了。」犀川捻熄香菸說：「變成M工大的實驗室密室有問題了。」

「你說的沒錯。把這些當成個案來看，那公會堂案的兇手就是寺林先生。他假裝成被害者，在那裡假昏迷了一個晚上。如果寺林先生是M工大的兇手，他就不會把應該只有自己有鑰匙的實驗室房門上鎖。假設M工大一案的兇手另有他人時，問題便在於那個人是怎麼上鎖的了……」

「而且這也代表那個人沒有料想到會發生公會堂的案子。」喜多插嘴說：「那個兇手本來應該是打算嫁禍給寺林，才會把那間實驗室弄成密室吧？雖然我不知道他是用什麼方法，但爲了讓寺林有嫌疑，他應該是煞費了一番苦心。不過沒想到寺林恰巧在同樣的時間犯下眞正的殺人案。兇手的苦心都化爲泡影了，是嗎？」

「公會堂的案子就這樣斷定寺林先生是兇手，也未免太快了吧。」犀川說：「他如果是個頭腦清楚的人，就不會在那種地方犯案了。再說，在現場僞裝昏迷是非常危險的，又不是在騙小孩。」

「那老師的意思是，公會堂的兇手也是別人囉？」萌繪歪著頭。雖然這項可能性的成立與否她已經思考過了，不過她在說出口時，還是會採取較委婉的疑問句。

「嗯，如果是這種情形的話，那邊的密室形成手法就會跟妳剛才說的一樣。」犀川點頭。「鑰匙是兇手在救護車來的時候故意遺落的。」

「很好，總算有些像樣了。」喜多興致盎然地說：「那麼公會堂的兇手也是要陷害寺林先生囉？等一下，可是頭的問題還是存在啊。」

「不是那樣的。」犀川拿起杯子說：「寺林應該只是剛好在那裡而已。兇手尾隨那個女模特兒……不，也有可能是約她過去吧？嗯，大概是約她過去的……然後兇手搶先一步來到準備室，毆打剛好人在那裡的寺林。我想，兇手當時一定是認爲寺林已經被他打死了。」

「可是，門鎖上了啊。」萌繪說。

「寺林先生被打的時候，不是剛好在鎖門嗎……他當時剛好鑰匙拿在手上，被打後鑰匙就掉在地上。然後，兇手的當務之急，就是得趕緊把寺林拖進房間深處藏起來才行，畢竟兇手還要埋伏在那裡等待那個女孩。後來，那女孩才剛到，隨即就被偷擊而遭到殺害。當兇手把頭砍斷要拿走時，無意間發現地上的那把鑰匙，於是便想到了能讓警衛在早上之前都不會發現的好計策，決定把門鎖上。」

「老師的意思是指這件案子起初並不是計畫來要陷害寺林的嗎？」萌繪注視著犀川說。

「嗯，就是如此。」犀川以口就杯，啜飲著咖啡。「他只是剛好擋了人家的路而已。」

「那又爲什麼要讓你撿鑰匙？」喜多問。

「我想兇手並沒有一定要我撿的意思，畢竟我會去那邊也只是偶然而已。」
「那麼，爲什麼兇手要把鑰匙丟掉呢？」
「因爲到今天早上時，兇手得到了三個新情報。」犀川依舊面無表情地說：「一個是寺林還活著。不過，這種事兇手也許有預料到。人不會容易被打死這種常識，應該不難想到吧。」
「另一個就是M工大發生命案的消息吧？」
「沒錯。兇手是在今天早上才知道M工大也發生殺人案的。」犀川回答，「他一定看過早報。」
「這樣一來的話……」萌繪看著天花板說：「他也知道警方爲了那邊的案子正在搜捕寺林的事囉？」
「嗯。」犀川點頭。「兇手如果是一般人的話，光從報紙上的內容是不可能發覺到寺林會涉嫌M工大命案。我想，兇手應該是和M工大的寺林先生相當熟的人吧。」
「還有一個新情報是什麼？」
「就是除了放在警衛室的鑰匙以外，這是唯一能開那間準備室的鑰匙。」犀川回答，「兇手依照以上三個新情報，認爲可以讓寺林先生成爲嫌疑犯。因此，他故意混入人群趁亂把鑰匙丟掉，然後由我撿到，這樣一來就能使鑰匙看起來像是寺林掉的，別人便會認爲鑰匙本來就在寺林身上。」
「就算跟把頭帶走這件事產生矛盾，也要做嗎？」萌繪問。
「把頭帶走是兇手一開始最重要的目的。」犀川回答，「相對於這件事，鑰匙只不過是後來靈機一動之下的小把戲而已。應該只是湊巧遇到能實行的機會，而臨時緊急下的決定吧。」

「誰會有在救護車附近丟下鑰匙的機會呢？」萌繪問喜多。

「我跟大御坊以外的人大概都有可能吧。」喜多一隻手拿起杯子回答，「我和大御坊只有搬出房間，接下來就交給其他人，只剩我們留在現場。」

「不，你們兩個在那時就可以將鑰匙放進寺林的口袋裡。」犀川打趣地說：「如果是這種情形，鑰匙掉在救護車那邊就變成純粹的偶然了。」

「不要說這種沒意義的話。」喜多馬上回嘴道。

「我覺得大部分的對話都沒有意義。」

「當時救護車旁邊的情形如何？犀川老師。」萌繪趁兩人都陷入沉默的空檔提出問題。

「外面的人潮相當擁擠。」犀川又點起了菸。「多到搞不清楚誰是誰。這樣說起來，那附近好像有電視台的人吧。」

「啊，這樣說起來……」喜多重複同樣的台詞。「那個遇害女孩的哥哥一直都待在四樓。就是那個像芭比娃娃的人。他也可以從可疑名單中排除吧。」

「你說筒見紀世都先生啊。」萌繪點頭。她跑到現場時，筒見紀世都也是坐在椅子上。「他沒有接近過被抬走的寺林先生旁邊嗎？」

「嗯，我記得沒有。」喜多點頭。

萌繪開始喝起溫度終於降到能入口程度的咖啡。犀川則是默默地抽著菸。房間裡白煙繚繞，讓他們之間沈默的氛圍，彷彿也因爲這煙霧而清晰可見。

「犀川老師。」萌繪決定試著問犀川。「為什麼你要說這種話？」

「『這種』是指哪種？」犀川稍微歪著頭。

「沒什麼，只是平常你不是都會叫我對殺人案別太熱衷嗎？總覺得你今天很有興趣。這樣害我都提不起勁了。」

「是嗎？」犀川面不改色。

「老師居然主動叫我來……還說聽西之園同學講話……」

「那是喜多他想聽的。」

「喂，我可沒說過這種話啊。」喜多大聲抗議。「你竟敢講這種不負責任的話……」

「算了，反正以我的立場，」萌繪攤開兩手說：「我是不會介意的。畢竟我想講話是事實，而且一吐為快的渴望已經膨脹到幾乎要讓我發燒了。」

「那妳的密度變低了。」犀川微笑說：「現在的妳也許能漂浮在浴缸上了。」

「大御坊這傢伙這次也被捲入了。」喜多一本正經地對犀川說。

犀川看了他一眼後，慢慢地點頭。「是啊，這也是我這麼關心的原因之一。」

他是因為朋友被捲入，才會做出那樣的判斷嗎？再加上那個朋友，同時也是萌繪的親戚，不過，犀川不覺得自己會因為這種事情就變得積極。

犀川口中的「這也是」，讓萌繪也十分在意。

「還有其他的理由嗎？」

「我不知道。」犀川輕輕搖頭。「這很不尋常吧。」

「你是指斷頭這件事？」

「是啊……」犀川抽著菸說：「那的確不尋常。」

「以犀川老師平常的話來說，算是很普通了。」

「我平常都是很普通的。」

喜多發出濃重的呼吸聲。「今天有什麼有趣的？」

「一點都不有趣。」

「要不要去吃飯？」喜多無視於犀川的回答站了起來，邊轉著脖子邊說：「總覺得今天好累喔。」

「我想去！」萌繪也作勢起身。「又可以跟喜多老師一起了。」

「那眞是我的榮幸啊。」喜多露出潔白的牙齒微笑。「西之園，告訴妳一件事。我啊，曾經發誓過，絕對不在星期日一個人吃晚餐。」

萌繪有聽過關於喜多老師的謠言。她心想，不只是晚餐，就算是其他時間，大概也有很多女人不會讓他孤單一人吧。

犀川這時非常無奈地站了起來，對喜多說了這麼一句。

「爲什麼？你要減肥嗎？」

第三章　憂鬱的星期一

1

隔天星期一下午六點，西之園萌繪從大學開車回家，途中手機忽然響起，是近藤刑警打過來的電話，萌繪拿起副駕駛座上的手機接聽。近藤刑警跟她約在新幹線鶴舞站附近吹上町的咖啡廳裡見面。此時她正在姬之池附近朝北方行駛，所以一掛上電話萌繪便馬上將車調頭。結果傍晚的塞車潮，使她將近七點時才抵達目的地。

「抱歉，我遲到了。」看到正在喝咖啡的近藤時，萌繪連忙在他對面的座位上坐下。

「不，沒關係的。」近藤看著手錶說：「我八點回去也沒關係，反正不趕時間。」

「近藤先生，你今天依然在M工大偵察案件嗎？」

「嗯，我一直都待在M工大附近一帶。」

店內幾乎客滿。萌繪向服務生點了咖啡後，觀察了一下坐在對座的近藤刑警。近藤穿著跟昨天相同的西裝和領帶，襯衫有些許皺紋。他圓潤白皙的娃娃臉上，掛著一副無框的小圓眼鏡，像是正在參加研習的業務員，整個人感覺起來跟水耕風信子的根一樣沒什麼份量。

「有什麼新的發現嗎？」萌繪二話不說馬上發問。她將有附皮帶的短外套脫掉，放在旁邊的座位上。

「就是便當啊。」近藤從桌旁探出身子，用少年般的聲音低聲說：「還記得我說過實驗室桌上殘留著吃完的便當盒嗎？」

「便當怎麼了？」

「吃掉便當的人，原來不是上倉裕子。」

「咦？」

「嗯……那是檢驗後才發現的……」近藤話語含糊帶過，可能是爲了避免用解剖這個詞彙。

「那麼便當是誰吃的呢？」

「這就是問題所在。」

「買便當的人是誰？」

「買便當的人是上倉裕子。她的皮夾裡有便利商店的發票，而且我們也跟那家便利商店確認過，所以毫無疑問是她買的，而且從河嶋老師看到的便當是還沒被吃過的狀態，也可以作爲輔證。」

「確實是上倉裕子買的……而她自己並沒有吃便當……那代表是兇手吃的囉？」當那副光景在萌繪腦海中浮現時，她不禁打了個冷顫。於是靠向近藤的耳朵小聲地說：「嗯，聽你那樣說，難不成兇手是在把她勒死後……才吃便當的嗎？」

「可是，西之園小姐，如果在下手前吃便當的話，不就更奇怪了嗎？」近藤嚴肅地說：「如果是在下手前吃，可見兇手跟上倉裕子非常親近……講明白一點，兇手和上倉裕子應該是男女朋友之類的關係。換做是普通朋友的話，應該不會讓對方吃自己的便當吧？」
「也許便當本來就是幫那個人買的啊。」
「所以應該是幫寺林買的囉。另外冰箱裡有二個優格，是她在同一個便利商店買的，二個都沒被動過。大概是她連寺林的份也一起買了吧，畢竟他們約好了要一起做實驗。」
「對了，上倉小姐她有吃過晚餐嗎？」萌繪詢問解剖的結果。
「不，她沒吃。」
「所以便當是自己要吃的囉？」
「只要她不是因爲要減肥而不吃晚餐的話，應該就是這樣沒錯。我們到處打聽，上倉裕子沒有要減肥的跡象。另外她的同學表示，學校裡並沒有像是她男朋友的人，也沒有人聽說上倉裕子約了人在實驗室裡一起吃飯。而且除了兇手之外，出現毫無關係的第三者，在那期間吃掉便當的可能性應該也相當低，畢竟犯案時間可能只有短短三十分鐘啊。雖然沒人希望這樣，不過吃便當的人就是兇手這點並沒有什麼不合理的。」
「難道在筷子和容器上，沒有殘留像指紋或唾液之類的痕跡嗎？」
「雖然我們很快地進行精密檢查……」近藤皺起眉頭。「看來，兇手用清潔劑，把筷子和便當盒都仔細地洗過了。」
「咦？洗過了？」
「是的。」
「洗完再放回桌上？」

「就是如此。」

「爲什麼？一般而言不可能洗的吧？」

「這我就不知道了。不過既然有這麼不自然的舉動，就代表是兇手吃的。兇手應該是因爲肚子餓而吃掉便當，後來發現會留下證據，於是把餐具洗乾淨。感覺上是滿一板一眼的傢伙。」

「可是明明不用洗，只要整個帶走就好了……不，乾脆拿到某個安全的地方再慢慢吃，不是很好嗎？那樣做更符合一板一眼的性格。」

「是啊。他沒有那種時間嗎？難道是餓到沒辦法忍耐嗎？」近藤扭著脖子。

「就算是再怎麼餓也……」萌繪完全不能理解這種狀況，話說到一半就中斷了。

「或者，他想讓便當看起來像被上倉裕子吃過嗎？」近藤發表意見。

「這只要調查一下很容易就會被發現了。」

「兇手沒想到會被調查吧。他可能不知道這種事可以靠檢驗來得知吧？」

「眞的有人會不知道嗎？對了，近藤先生，兇手是基於什麼理由想讓便當看起來像吃過的呢？」

「毫無頭緒啊。」近藤搖頭。「眞是不可思議。西之園小姐，妳有想到些什麼嗎？」

「不行，我也完全想不透。」

萌繪雙手捧起杯子，湊在嘴邊的咖啡還是很燙。她完全沒辦法接受近藤的假設，僞裝成被害者曾吃過便當的樣子，這樣做到底有什麼意義？最符合一般常識的解讀，就是兇手只是肚子餓了。除此之外，實在想不出更好的說法。

近藤已經喝完自己的咖啡了，現在則是喝著玻璃杯裡的開水。他再次捲起袖口，看了看手錶。

「還有一項滿有意思的發現。」他露出稚氣的表情微微一笑。「經過寺林本人的同意，我們簡單搜查了他的公寓。我們在那裡找到……嗯，該怎麼說呢，有點難以解釋，不過，真的滿詭異的。」

「詭異？」萌繪大大地眨了眨眼睛，歪著頭。

「他利用郵購買了很奇怪的東西。」

「買什麼？」

「聽說是Marda Prop Construction Kit……妳聽過嗎？」

「Marda Prop？所謂的Prop，是指什麼？」

「似乎是演戲用的各種道具。」近藤回答。

「喔，原來是指property啊。」萌繪點頭。「那他購買怎樣的東西呢？是刀子或手槍嗎？」

「不，是屍體的模型。」近藤縮起脖子。「本來大部分的屍體模型是因應電影拍攝所需的實際尺寸，然而，最近縮小比例可供組裝的模型組合，也開始在市面上流通。總之，這個世界，不管再怎麼奇怪的東西都能變成商品。」

「也就是說，是屍體的人偶模型囉？」

「嗯，而且都是慘死的屍體。如果說這些模型迷是很狂熱的，從這些屍體模型看來，狂熱的一面的確表露無遺啊，因為那些真的是相當殘酷的東西。我們在寺林的房間裡，找到這種死屍模型的商品目錄。光是看到照片，我們就開始覺得噁心了。經過變形的模型，感覺上比眞實的場面還來得殘酷……」

「寺林先生所買的都是怎樣的模型？」

「是人被砍斷頭後，剩下來的頭，尺寸是一般人比例的二分之一，大概是這麼大……」他用雙手比出大小。「是女性的頭，不過是白種人，材料則是柔軟的塑膠。他好像是買回整組零件，然後自己組裝上色完成的，做得非常好。雖然我分辨不出這樣做是好還是壞……」

「你們確定那是寺林本人買的嗎？如果知道販售來源的話……就可以查明了。」

「我們當然有想過要確認。」近藤點頭。「不過，那個販售處既沒電話也沒傳眞，是在網路上接受訂單的，所以他們的地址，就是電子郵件或網站。那本目錄上的網址現在也已經不存在了，賣那種東西的人一定是每幾個月就更換網址吧。總之，那方面我們已經交給局裡其他部門負責了。至於是否眞的是寺林自己買的，我們的確不知道，這個也只能問他本人才能釐清了。至少，寺林不能否認他的房間裡確有其物。另外西之園小姐，我們其實還有找到更不得了的東西。」

因爲近藤意有所指地中斷談話，讓萌繪不禁屏息以待。

他不經意地環顧店內一圈後，再次將臉湊近萌繪。

「就是教人如何乾淨俐落地把屍體的頭砍下來的指導手冊。」

「咦？」

「它好像是那個頭顱模型的附錄，內容的恐怖程度有過之無不及。這應該是給行家中的行家看的，完全專業取向。雖然不知道寫這本書的作者是誰，不過那份該說是執著還是偏執的認眞程度，眞的是十分驚人。雖然手冊中不敢放照片，卻還是有詳細的圖解，連使用的砍斷刀械也介紹得鉅細靡遺。連我們局內的同事都很感興趣，這本手冊成爲局裡的大新聞呢。」

「這種手冊到底是爲了什麼原因而存在呢？」

「這個嘛……可能是這世界有哪裡不對勁了吧。」近藤說：「類似這種東西的書，最近連一般的書店也買的到，連小孩子都會看。也許日本的情形還算好。如果到國外的話，某些國家甚至在超市裡就買得到手槍或來福槍呢。那本斷頭手冊，的確超越一般常識的範圍，但並非教唆殺人的解說書，只是說明把屍體的頭砍掉的方法而已……就某種意義而言，可能比起刀槍還要來得……該說健康呢，還是安全呢，實在不知道要怎麼形容才好……」

近藤應該是想說和平吧，他實在有些詞不達意。

「砍下的頭要拿來做什麼？」萌繪低聲說。

「我也不知道要做什麼。」近藤發出沉重的鼻息聲。「雖然手冊上連保存方法都有寫，不過我們局裡專業的醫生說，手冊的內容只是草草交代而已。妳應該知道他吧？就是河原田醫生。」

「那麼，寺林先生又是怎麼回應警方的偵訊呢？」

「鵜飼先生他們昨天和今天都有去看他，不過我還沒聽到詳細的內容。那個頭顱模型和斷頭手冊的事都是今天下午剛問的，所以應該是之後才要追查的吧。」

萌繪手拿著杯子癱靠在椅背上。今天光是聽到的內容，就讓她在理解方面煞費苦心。

「能讓我去見見寺林先生嗎？我想直接跟他談。」

「那是不可能的。」近藤搖頭。「雖然他就在附近的大學醫院裡，可是暫時謝絕訪客。」

「他傷勢嚴重嗎？」

「不，他的傷沒什麼大不了。但是發生這麼大的案子，就算再怎麼冷靜看待，我們也不能默默放過他吧，所以目前他處於被警方拘留的狀態。」

「有決定性的證據嗎？」

「完全沒有。」近藤搖頭。「不管是在公會堂，或是在M工大，目前都還找不到可以證明兇手是寺林的證據。不過，狀況倒是十分極端，我們甚至也可以斷定他就是兇手。」

「如果寺林先生真的是兇手，他會把那些容易招惹嫌疑的模型和手冊留在自己的房間嗎？會這麼輕易讓警察進入房間裡搜查嗎？真有這種人的話，未免也太不小心了。」

「他是不是腦袋有問題啊？」近藤皺起眉頭說：「結果就這樣玩完了。」

「他看起來不是那樣的人。我覺得他非常認真也相當有紳士風度。」

「就是這種人才奇怪啊。」近藤微笑說：「光靠外表是不準的。」

萌繪喝著咖啡。近藤則又看了看時鐘。

「近藤先生，你要回警局了嗎？」

「是的。」近藤點頭。

「開車嗎？」

「不，今天不是。我是搭別人便車來的，所以要叫計程車回去。」

「那麼，我開車送你好了。」

「不，太麻煩妳了，西之園小姐。怎麼好意思讓妳送呢？」

「鵜飼先生已經回警局了嗎？」萌繪放下杯子問：「我想跟鵜飼先生見個面。」

「前輩要是聽到妳這樣說，一定會高興地跳起來，說不定還會在天花板上撞出一個洞呢。」

近藤的玩笑並不好笑，但萌繪還是以微笑應對。

2

近藤刑警和萌繪打電話確認過鵜飼已經要回警局後，他們就一起回到愛知縣警局。當萌繪的跑車停進警局的停車場裡時，已經快要八點十分了，跟近藤也算聊滿久的。

萌繪的叔叔西之園捷輔部長的辦公室在八樓，雖然可以順便跟他打個招呼，但萌繪從不曾沒有預先知會就直接登門拜訪，加上叔叔總是很忙，她打消了去見叔叔的念頭，直接去找鵜飼刑警。近藤刑警帶領她到一間佈置精緻的小客廳。約三十秒後，走廊上傳來啪達啪達的腳步聲，隨後鵜飼大介就上氣不接下氣地跑進了房間。

「你好，西之園小姐。麻煩妳親自來這裡，真是不好意思。」鵜飼搖晃著巨大的身軀，然後一屁股坐在桌子對面的沙發上。「不過，我正在開會，不趕快回去不行，所以只能談十分鐘而已，非常抱歉。」

「百忙之中還來打擾，真是不好意思。」

「不會，快別這樣說。」鵜飼搖搖手，很開心似地提高聲音。「對了，妳找我有什麼事呢？

應該是爲了昨天的案子吧？」

「嗯，是有關寺林先生的事情，我想問問你們談了些什麼……還有，如果可以的話，能不能拜託你們讓我跟他見個面。」

「西之園小姐妳想見寺林？」

「是的。」

「我是不會介意啦……」鵜飼小聲地說：「妳見他要做什麼？」

「我也許能從他那裡問出什麼來。」

「喔，原來如此……原來如此。」

鵜飼簡略地爲萌繪說明寺林高司目前的情況。昨天的偵訊一開始是在瞞著寺林所有事情的前提下進行的。至於今天下午的會面，則已經把筒見明日香和上倉裕子遇害的情形告訴他了。根據鵜飼的說法，他似乎受到相當大的驚嚇。

「最值得注意的一點，寺林只看到無頭屍體的照片，就認出死者是筒見明日香。」鵜飼似乎頗爲驕傲地說：「這個事實，應該是比較有利的證據吧。」

「有找到M工大實驗室的鑰匙嗎？」

「還是下落不明。寺林說實驗室的鑰匙跟車鑰匙扣在同一個鑰匙圈上，可是目前還沒找到。他的車子也不見了，恐怕是在運送明日香的頭顱後，就把車子處理掉了。」

「一個晚上嗎？」

「一個晚上就夠了。」

「公會堂準備室的鑰匙呢？」
「就是犀川老師撿到的那把嗎？」
「嗯。寺林先生不是說他把鑰匙放進口袋裡帶在身上嗎？」
「不對，就他的說法，是當他回家前正要鎖門時，被人從後面重擊……只有這樣。他說除此之外的事都忘了。」
萌繪想起犀川副教授昨晚說過的話，他有指出寺林在鎖門時遇襲的可能性。
看到對著自己笑咪咪的鵜飼，萌繪忍不住把跟犀川討論出來的幾個假設都告訴他。這些假設不見得特別有說服力，就像數字組合問題時的分類一樣，只是提示的集合而已。萌繪強調在救護車附近發現的鑰匙，可能是別人故意掉在那裡的，在這個假設屬實的前提下，推論出兇手並非寺林高司而是另有其人，進而發現這兩件命案的共通目的，都是爲了陷害寺林成爲殺人兇手。以上就是萌繪想敘述的幾個重點。
「跟我們的推論大致相同。」鵜飼似乎很滿意地說。鵜飼是不管有什麼想法都會寫在臉上的人，從他聽完萌繪的話，卻毫無意外的反應，就知道他所言不假。
「寺林先生應該沒有嫌疑吧？」萌繪試著問看看。因爲從近藤刑警剛才的語氣聽來，很明顯地就給人寺林是兇手的印象。
「不，以目前這種情況來說……說他沒有嫌疑反而奇怪。」鵜飼又露出微笑。「不過，這其中還是有很多前後不連貫的地方，有說不出的古怪。沒有決定性的證據是事實，如果把寺林當作兇手，實在太不自然了，我們也深知這一點。甚至連三浦先生都已經很肯定地說兇手不是寺林了。」

三浦警官是刑事課的領導者，也是思路最清晰的人，他的看法幾乎等同現階段警方所採取的態度。既然他們不會輕率的判斷結論，那麼也不必太過擔心寺林的處境。這一點讓萌繪稍微鬆了口氣。

「可以准許我跟寺林先生見面嗎？」萌繪又再問了一次。

「我知道了。」鵜飼站了起來。「請妳等我一下。」

鵜飼走出了房間，大概是去請示三浦上司吧。根據萌繪的預測，如果能夠得到許可，應該是在明天下午以後見面。

萌繪看了右手腕上的手錶，現在是八點五分。在N大醫學院裡，有一個她從高中時代認識到現在的好友，以前是同屬弓箭社的同學。不知道這個時間能不能找到她……

鵜飼很快又回來了。

「嗯，可以了。明天下午就可以了。」鵜飼開門說：「西之園小姐要單獨見他嗎？」

「喔，不管有沒有人陪伴都沒有關係。」

「大概還是一個人比較好吧。」鵜飼露出微笑。「這樣也許他就會對西之園小姐講眞話了。妳好像是他理想中的女性類型呢。」

「咦？你這話是什麼意思？」萌繪大吃一驚。「寺林先生有說過這種話嗎？」

她腦海裡瞬間想起昨天穿的那套角色扮演服裝。

「講到筒見明日香時，他就是這麼說的。」鵜飼一本正經地點了點頭。「那套衣服好像本來就是爲了她而設計的吧。就是那女孩在星期六時穿的衣服。不是有人拜託西之園小姐在星期日時穿同一套衣服嗎？我聽說就是寺林本人親自拜託妳的，是不是？」

「的確是這樣。」萌繪邊站起來邊說：「可是……」

「我想，如果沒有相當程度的喜歡，寺林應該不會讓別人穿這套衣服。他不是那種會給不滿意的女性穿這套衣服的人，所以西之園小姐假如親自和他會面的話，一定很有效果的。」

萌繪輕輕地點頭行禮後，就離開了房間。

「雖然還有很多事想談，不過今天就先到此爲止。」鵜飼也出來到走廊上說：「最近還會再跟妳聯絡的……」

萌繪跑下縣警局大門的樓梯，回到自己的車子上，馬上打電話。

「喂，是小愛嗎？」

「誰呀？」聽筒彼端傳來懶洋洋的低沉聲音。

「太好了……我是西之園啊。」

「喔喔，萌繪呀，怎麼難得今天會打來？」

「嗯，妳現在方便嗎？」

「一點都不方便。妳打來的時機太不巧了。我的男朋友現在正光溜溜地躺在旁邊耶。」小愛笑著說：「至於這傢伙爲什麼要一絲不掛的原因，不用我說妳應該也知道吧。」

「咦？你們在做什麼啊？」萌繪很直接地問。

「唉，聽好，剛剛在最起勁的時候，卻有通騷擾電話打斷我們，所以我現在在做的，就是跟那個不識相的傢伙講電話。到底有什麼事？」

「抱歉……嗯……這是我這輩子最大的請求。」萌繪盡可能地用撒嬌的語氣說：「妳等下可不可以借我一小時就好呢？」

「呼……」萌繪聽到的，有百分之八十都是氣體摩擦的聲音。「這樣啊……好啦好啦。既然是妳賭上一輩子的請求，穿上一、兩件衣服也不算什麼。」

3

二十分鐘後，西之園萌繪將車子開進位於鶴舞的大學醫院的停車場裡。當她正要從駕駛座上出來時，小愛就出現了。

「怎麼了？有了孩子要打掉嗎？」她低聲這麼說。

反町愛，通稱小愛，跟萌繪同樣是N大的四年級生。在三年級的時候，她是弓箭社的主將。個子高大的小愛，除了稍微外八的走路方式，和其獨特的發音和用字遣詞外，是個性相當女性化的人。

小愛和萌繪本來就讀同一所私立高中，後來萌繪休學一年，小愛落榜重考一年，結果又變成大學同學。

「抱歉……妳說的男朋友，是男的嗎？」萌繪不經意地問。

『男』朋友不是很明顯地意指男人嗎？妳還是老樣子，總是說這種不得了的話。就算是女人，我的人生也不會因此而怎麼樣吧。」
「嗯，我找妳出來眞的好嗎？」
「不可能會好吧。」小愛邊走邊說：「我不想讓他等太久……所以動作快點。」
「他仍裸體在等妳回去嗎？」
「那個你就別管了，趕快說妳到底要幹麼啦！」小愛在醫院玄關的自動門前停下腳步。「反正不管怎樣，我都會好好記住妳這筆帳的。」
位於鶴舞的大學醫院是N大學醫學院的附屬設施，跟醫學院的研究設施在同一塊校地裡。因爲反町愛只是四年級的學生，應該不可能熟識醫院的人，不過萌繪記得她常說自己在醫院裡打工的事。
萌繪跟小愛表明自己無論如何都想見到某間病房的病人，而且病房外面有警察看守的事情她也順便說了。
「爲什麼？那個人是萌繪的男朋友嗎？」
「妳要這樣想也可以啦。」萌繪點頭。「五分鐘就好了，我只想跟他見面說說話而已。」
小愛的鼻子發出濃厚呼吸聲。「扮成護士混進去，如何？」
「小愛，妳有護士制服嗎？」
「我怎麼可能有啊。」
「能不能想想辦法？」
「好吧。」

於是兩人走進醫院。

「妳在這裡等。」小愛說完就往前廳深處走去。

萌繪坐在陰暗角落的一張長椅上。除了稍遠處辦公室的燈光外，這個角落幾乎毫無光線可言。前廳另一邊的某個角落裡，有個老人坐在關掉的電視機前，除此之外沒有其他人。

現在時間是八點四十分。

明天下午就能跟寺林高司正式見面了。到時應該會被竊聽和錄音吧。當鵜飼去請示三浦時，她就預想到這點，而且鵜飼也說明天上午要安裝竊聽器，所以要她下午再過去。

其實萌繪不是怕對話被警察聽到，只是有一種想逃避可能會加深寺林高司不利情勢的衝動。現階段她不認為寺林高司是殺人犯，而另一方面也因為這種希望拯救無辜者的心情，就像手臂穿過質地良好的洋裝衣袖似的，讓自己浮動的情緒能勉強冷靜下來。直接跟他面談，究竟會讓這份自信增強還是瓦解呢……不管是哪一種結果，她都想趕快了結。既然兩種結果必然會偏向某一種，趕快選邊站穩是最妥當的作法。

小愛回來後，無聲地比了個手勢，萌繪看到後便站起來，以小跑步通過走道。

「我有個在護士學校認識的人今天值班，我去跟她說看看。」她邊走邊說：「那個病人真的是萌繪的男朋友嗎？」

「不，不是的。」萌繪搖頭。

「對我那個護士朋友就用這個理由吧。」小愛低聲地說：「應該沒有比這個更有說服力的理由了。無論如何……」

「愛是一切。」萌繪接著說。那是小愛的口頭禪。

「是啊……以前我是這樣沒錯。」小愛閉起一隻眼睛。「不過最近我的想法變了，現在已經有不同版本的說法。」

「咦，那變成怎樣了？」

「無論如何，愛個八分就好。」

4

護士的白制服稍微白裡帶紅，所以正確來說，應該是桃子色制服。萌繪在更衣室裡穿好衣服，掛上附有夾子的名牌，被小愛推到走廊上。當她把頭髮綁成髮髻時，映照在鏡中的身影簡直像個缺乏專業技能的小學生。於是她盡可能裝出嚴肅的神情，挺直背脊走上樓梯。途中跟眞正的護士擦身而過，讓她的心跳一下子加速許多，萌繪只好輕輕地點頭行禮來掩飾自己的身分，而對方完全沒有注意她。

六樓的護士休息室位於南側通道中，其中有兩個護士是接應萌繪的人。看到她們笑咪咪地揮手為自己打氣，萌繪也點頭報以微笑。一想到自己的表情可能很僵硬，就讓她不由自主地擔心起來。寺林的病房跟預想的一樣，由兩個警官看守，只是現在病房前只有一個穿制服的警察站崗，應該不用擔心被懷疑。

萌繪看了右手的手錶，時間剛好九點。

「我要量體溫。」她將手放上門把並且看著那個警官。

警官只看了她一眼，就輕輕點頭。

萌繪心裡不禁慶幸這實在太簡單了。

房內光線很亮，雖然有兩張病床，不過裡面的那張床沒有人使用。寺林高司躺在靠外面的床上，頭上的繃帶延伸到下巴。他像是半睡半醒，表情呆滯且緩緩地轉頭朝著萌繪，隨即就皺起眉頭。萌繪小心翼翼地將門無聲地鎖上，快速靠近床邊，站在寺林的附近。

「寺林先生。」萌繪低語道：「請不要發出太大的聲響。」

「妳是……」寺林的眼睛一瞬間睜圓，頭也從枕頭上稍微抬起。「嗯，是西之園小姐吧……」

「晚安。」萌繪嫣然一笑。

「啊，原來……」寺林又再度躺回枕頭上。「妳是護士啊？」

「不是的。」萌繪搖頭。「我是爲了來見寺林先生才變裝的，很了不起吧？」

「咦？眞的嗎？妳會不會做得太過頭啦？」寺林虛弱地微笑說：「外面難道沒有警察嗎？」

「對了，我得到警察的許可，明天可以正式與你見面，不過明天一定會被人竊聽的。」

「所以妳才會今晚就過來嗎？」看到萌繪點頭，寺林不禁莞爾一笑。「竊聽也沒有關係吧。」

「我要是待太久會被懷疑的，所以趕快進入正題吧。」萌繪往房門察看後繼續說：「寺林先生，你覺得這次的殺人案是誰做的呢？」

「我實在想不到。」寺林雖然搖頭，動作卻不大。「看得出來……的確有人想設計我，讓別人認爲是我殺的。」

「你有沒有被什麼人怨恨過呢？」
「我想應該沒有吧。」
「我認爲公會堂的案子純屬偶然。」萌繪說明，「寺林先生只是剛好在那裡，所以被捲入事件當中。不過，M工大的案件就不同了，計畫很明顯是要讓寺林先生背負殺人的罪名，所以才特別把門上鎖。」
「是啊。」寺林用眼神表示贊同。
「你和上倉裕子是什麼關係？」
「西之園小姐……」寺林凝視著萌繪的眼睛。「妳爲什麼要來見我？可以告訴我……妳的目的嗎？」
「我是爲了知道眞相。」
「妳在協助警方辦案嗎？」
「嗯，你可以這麼想。」萌繪點頭。「這是我的興趣。」
「眞是不太好的興趣啊。」
「如果跟寺林先生房間裡的頭顱模型比較呢？」
「唉……」寺林苦著一張臉。「妳從警方那裡聽到的吧？眞受不了……早知道會變成這樣，應該先把它處理掉才對……」
「這麼說，那個模型眞的是你買來之後，自己組裝成的囉？」
「嗯，妳說的沒錯。我是那種不試過一次會不甘心的個性，所以透過郵購買到一組，試著做看看。不過從旁人眼光看來，那東西的確是非常糟糕的興趣呢。」

「我們可以先不要談別人的興趣嗎？」

「說的也是。」寺林苦笑說：「我知道了。」

「回到問題吧。」

「嗯，剛剛問的是什麼？」

「上倉小姐的事。」

「喔喔，對……」寺林的表情突然變得很老實。「她是個非常好的女孩，死了眞是可惜。我到現在還是無法相信她已經走了。」

「能不能針對我的問題回答？」

「好，我和上倉小姐有約過幾次會，像是兩個人一起去看電影之類的，只有這樣。」

「你們是情侶嗎？」

「我不這麼認爲，但是她是怎麼想，我就不清楚了。」

「是上倉小姐態度比較積極嗎？」

「對死者我不想多說什麼，不過和我比起來，她的態度大概比較積極吧。但這完全是我個人主觀的看法。」

「上倉小姐當時買了兩人份的優格在實驗室等你，當然那其中一份應該是你的。」

「眞可憐……」寺林瞇起眼睛，臉部有些顫抖。

「那明日香小姐呢？」

「你是指明日香小姐的……什麼？」

「和你的關係。」萌繪從容地問。

「我比較積極，她正眼也不瞧我一眼。」寺林雖然臉上笑笑的，但眼神卻沒有笑意。「所以我們實際上根本沒有具體關係。沒有約過會，也沒有單獨交談過。雖然她可能知道我的名字，然而我們的關係也僅止於知道對方的名字而已。」

「你認識明日香小姐的哥哥嗎？」

「認識。我跟紀世都很熟。」

「聽說你看到無頭屍的照片，就認出那是明日香小姐？」萌繪想起鵜飼跟她講過的話。

「西之園小姐，妳和警方究竟是什麼關係？」寺林緊蹙雙眉說：「爲什麼妳連那種事情都知道？」

「我說過我在協助警方吧。」

「妳是開玩笑吧？」

「我沒有開玩笑。」

「眞令人驚訝……」寺林微微開口。「妳這個興趣眞是越來越讓我驚訝了。」

「輪不到你這麼說。」

「是這樣沒錯。」寺林露出微笑。「喔，對了，說到明日香小姐的照片……」他又變回原來陰鬱的表情。「我只要看一眼就能確定了，畢竟那是我的興趣，但是後來我才發覺警方完全誤會了。」

「光靠手或腳就能知道是誰嗎？」

「如果以前有仔細看過，就會知道了。」寺林點頭。「臉也是一樣啊。」

「你認爲明日香小姐的頭爲什麼會被砍斷呢？」

「因爲想要頭吧。」寺林馬上做出回答。他回答得非常自然，中間沒有任何停頓。

「寺林先生能夠理解那樣的慾望嗎？」

「坦白說，多少能理解。我也有興趣，甚至曾經想做那樣的事，不過跟會不會實際去做，中間有很大的差異。單純幻想與實踐幻想，其中存在著分隔正常和異常的界線。」

「那頭顱的模型呢？代表你還沒有跨越那條界線嗎？」

「當然是囉。」

「那斷頭手冊呢？」

「當然也是啊。不管哪種情況，問題在於精神本身是否異常吧。料理書上也會說明宰殺動物的方法，像是如何處理魚，如何打開蟹殼，如何烤貝類或是如何打蛋吧，道理不是一樣的嗎？」

「這個道理我能了解。」

「那麼，除了道理之外，還有什麼在影響妳的看法呢？」

「我想是環境吧。」

「大家都會這麼說。」寺林露出沉穩的微笑。「最後就只會怪罪在別人身上。」

「斷頭手冊是在市面上販賣的東西嗎？」

「那是買頭顱模型附贈的。」寺林點頭。「唉，眞不知道該怎麼說，時機怎麼會這麼不湊巧，有夠倒楣的。我也是在不知道有這種附錄的情況下買的，所以當初也嚇了一跳。」

「曾經讓別人看過嗎？」

「比較熟的模型同好都看過了。除了我還有很多人也會買頭顱模型。Marda Prop 最近還滿流行的。告訴我有這種模型的人，好像是紀世都吧……」

「筒見紀世都先生嗎？」

「嗯。不過，他的程度已經不是模型家，而是藝術家了。他的作品已經完全成爲藝術品，人體雕刻是他的專長。」

走廊上傳來低聲談話的聲音，好像是警官正在跟某人說話，也許是另一個警察回來了。

「我不走不行了。」萌繪稍微離開床邊說：「我明天還會再來，到時不會以護士裝扮出現。還有請你做好心理準備，在有竊聽器存在的前提下說話。關於今晚跟我見面的事，一定要保密喔。」

「西之園小姐。」寺林將頭轉向她，表情非常嚴肅。「有一件事，我一直沒跟別人說過。」

萌繪的臉再次靠近。

「我是因爲信任妳才坦白的……筒見明日香以前曾經有個男友。那個人以前是我的朋友，名叫遠藤昌……」

「以前？」萌繪重複了一次。

「嗯，他已經死了，是自殺死的。這是二年前的事了。」

「爲什麼要自殺？」

「不曉得，我完全不知道內情。後來是從筒見紀世都那裡無意間聽來的。好像是因爲明日香甩了遠藤昌的關係。」

「然後呢？」

「只有這樣。」寺林苦笑說：「這件事就只是這樣。我當時也沒多想什麼，不過這足以成爲我的犯案動機吧？警方一定會認爲我是爲了替好友報仇才殺人的，所以我想要隱瞞這件事，畢竟目前各種條件都對我很不利……」

「就算寺林先生不說，這種事警方也查得出來。」萌繪面無表情地說。

「是這樣嗎？」

「好啦，我要走了。」萌繪窺探著外面的情況一邊低聲說：「如果想到什麼，就打電話給我。電話可以自由使用吧？」

「嗯，打電話是可以的，畢竟我既不是兇手，也不是嫌疑犯。」

萌繪把自己的手機號碼告訴他。

「要不要寫在什麼東西上面呢？」

「不，我記得，不要緊的。」寺林點頭。

「謝謝。那明天見了……」

「晚安。」寺林露出微笑。

萌繪調整呼吸後，轉動門把走出房間，並且把背後的門立刻關了起來。她的眼神盡量不跟外面兩個警察對上。

然後，她開始緩緩地走過通道。

「啊，等一下。」穿便服的刑警叫住她，是萌繪進來時沒看見的人。「今天這麼快就結束了嗎？」

「是的。」萌繪回答後繼續走著。

她瞄了一眼刑警的臉後，嚇了一大跳，那個人是她認識的片桐刑警。發現片桐瞬間皺起了眉頭。她用板子把臉遮住後加快腳步。聽到背後同時響起加快的腳步聲時，她不由自主地開始拔腿狂奔。幸好她穿運動鞋，即使踩在光滑的地板上，腳步依然穩健，但是半長不短的裙子還是使她有所阻礙，在繞過轉角的時候，她差點失去平衡摔倒，慌亂間將抓到的門把順手一轉，就來到一個像陽台的地方。她隨即關起門，屏息以待。

巨響的腳步聲，從門的另一邊經過，逐漸遠離。

萌繪無聲地打開門，往門裡窺探。片桐刑警在前方約十公尺的地方停下腳步，四處張望，那裏剛好是護士站附近。看到片桐回過頭來，萌繪又悄悄地把門闔上。

也許他已經發現了……雖然她認爲自己明天可以巧妙地瞞過片桐刑警，但不用欺瞞他人當然是最好的。從片桐刑警沒有喊自己名字的情況判斷，他一定還不知道自己眞正的身分，只是覺得逃走的護士很可疑而已。

聽到腳步聲接近，萌繪從門邊離開，躲在陽台最旁邊的通風管排氣口下面。耳邊傳來開門的聲音——片桐來查探陽台了。萌繪屏住呼吸。門不久後就關了起來，腳步聲也漸漸遠離。

她大大地吐了一口氣，似乎得救了。回神後的四周寒氣刺骨。醫院裡暖氣很強，她只穿著單薄的衣服，根本無法禦寒。她趕緊回到門邊豎起耳朵聆聽，附近已經沒有任何人在巡邏了。

當她要小心地開門時，門卻文風不動！再用力一次還是不行。萌繪不禁咋舌。門好像上鎖了。應該是片桐鎖的吧。眞是的，這麼謹愼啊……

環顧四周，這裡是個長方形陽台。因爲在六樓，也無法輕易跳下去。不但沒有其他可以進去建築物裡的門，也沒有伸手可及的窗戶。萌繪抬頭仰望天空，幾顆美麗的星星正在閃爍著。

小愛一定已經回到她的情人那裡了。而自己的手機在外套的口袋裡，衣服則放在更衣室裡……如果借她衣服的護士，或是護士站裡的某個人能發覺她被困在這裡就好了……她就這樣看著星空好一會兒。

後來，她發現建築物的牆壁上有鋼鐵做的梯子，梯子的末端看起來好像是通往屋頂，似乎是座僅供人往上爬的梯子。她從陽台的矮牆仔細往下查看，還是沒找到任何可以通往地面的設備。下方是醫院後面的草地，夜燈發出球形的綠色光芒。那裡停著幾輛車子，此時其中一輛剛好亮起車頭燈開走了。萌繪心想最後的手段就是從這裡丟東西下去引起別人注意。

她身體變得冰冷，由此可見外面的溫度多麼低。看看手錶，發現已經過了將近十五分鐘。她開始煩惱著要不要爬上梯子……就算爬到屋頂，也不能保證屋頂的入口是敞開的。萌繪幾乎想要放棄的心態，讓她差點就要大叫救命，然後跟片桐刑警道歉。不過她還是先試著輕輕敲門，期待可以不讓寺林病房前的片桐他們察覺到敲門聲，卻能使護士站的護士經過就能發現她的微妙時機。

過一會兒，門竟然眞的打開了。

「妳在觀星嗎？」是個毫無高低起伏的聲音。一個體格削瘦的男子來到陽台上，他沒有看萌繪，而是抬頭仰望天空，喃喃地低聲說：「啊，眞的是好美啊。」

因爲光線昏暗而看不清楚的這個人，原來是筒見紀世都，被害者筒見明日香的哥哥。萌繪心想，他可能是來探望寺林的。

「眞的得救了，我剛剛被人從裡面鎖門，關在陽台上呢。」萌繪這樣說完，便留筒見紀世都一個人在陽台上，自己先進去醫院裡面了。

溫暖的空氣將她包圍，感覺很舒服。她走過護士站前，沒有人注意到她，護士們全部都在更裡面的地方。當她直接走到電梯邊，按下電梯按鈕等待時，筒見紀世都從後面緩緩地走了過來。萌繪盡量不跟他打照面，當她想要走樓梯下去時，電梯門打開了，她只好無奈地走進電梯，筒見紀世都隨後走進去。明亮的電梯裡，只有他們兩人。

空氣中飄散著細微的酒精味，筒見紀世都表面上看不出來有喝過酒的跡象，不過從味道判斷，他似乎喝得滿多的。萌繪按下更衣室所在的三樓按鈕，他則按下一樓。

「我們曾經在哪見過面嗎？」站在萌繪背後的紀世都開口說話。

「嗯。」萌繪沒有回頭直接回答，「昨天在公會堂。」

「是這樣嗎？」紀世都的語氣完全沒變。「抱歉，我不記得了。」

電梯門開啓後，萌繪依舊沒轉身，只是低頭行個禮，就直接走到電梯外。身後的門也立刻關了起來。

更衣室裡沒有任何人，反町愛已經回去了，也沒看到借她制服的護士。換完衣服後，萌繪決定先打個電話。

「喂，小愛嗎？」

「啊，怎麼又是妳！晚安！」

「等等！拜託妳……」

「我說妳啊，怎麼都挑這種絕妙的時機打電話來啊。可惡！我真不敢相信我這麼笨！唉……早知道就不接了……好啦！這次又是什麼事啊？」

「喔，我這裡已經結束了，進行得滿順利的。」

「是喔。」

「謝謝妳。」

「妳到底有什麼事？」

「我想道謝。」

「只有這樣？好了，不用客氣，再見。」

「小愛，等等！」

「又怎麼了啦！真受不了……」

「我也想跟借我衣服的護士道謝。」

「喔，我改天幫妳跟她說。那麼，晚安囉！」

「我這次真是吃足苦頭，還被關在陽台出不去……」

「我明天再聽。」

「妳在急什麼？」

「笨蛋！」

電話被小愛掛斷了。萌繪無計可施，只好從包包裡拿出便條紙，匆促地寫下感謝的話，貼在置物櫃的門後面。本來她還想在包包中尋找有沒有能拿來當謝禮的東西，放現金太失禮，已經用了一半的口紅顯得意義不明，結果找不到適當的物品。只好最後決定改天再過來，更盛重地向借她制服的護士致謝。

她走樓梯到一樓，橫越陰暗的前廳。當她走出玄關時，看見獨自一人坐在候診處的筒見紀世都。

他的樣子，像是被遺忘在已經打烊的服飾店前的塑膠假人。

5

時間是九點半。萌繪有點困惑，不知道該不該和他交談，但在一點五秒內，她下了決定。無視於自動門在面前開啓的萌繪，折回前廳，走近筒見紀世都。

他看見萌繪的雙腳，便緩緩地抬起頭來。

「嗨，剛才的護士小姐。已經下班了嗎？」

「嗯。」萌繪點頭，覺得有點不可思議。爲什麼他知道自己換過衣服呢？萌繪不認爲自己的臉有被他看到。「爲什麼知道是我？」

「鞋子是一樣的。」

他凝視著萌繪，表情完全沒變。简見應該已經忘了昨天見過面的事吧？她記得自己今天的鞋子和昨天不同。

「還不回去嗎？」萌繪試著問。

「誰？」

「就是你。」

「我？是啊……已經要回去了。」

「一起出去吧。」

「爲什麼？」紀世都邊站起來邊說。

「沒什麼特別的理由。」

兩個人通過玄關的玻璃門。階梯兩側有無障礙設施，燈光全照射在正面草地的圓環上。紀世都在下樓梯時停下了腳步，慢條斯理地抬頭望著天空，長髮隨風飄逸。

「你到醫院來有什麼事？」

「送東西給朋友。」

「給六樓的寺林先生吧。」

「嗯。」

「他不是謝絕會面嗎？」

「嗯……寺林打電話約我來的。剛剛去看他的時候，那裡有警察在站崗。」

「你有跟寺林先生見到面嗎？」

「因爲太麻煩了，我只拜託他們轉交東西，就離開了。」

「你拿什麼東西給他？」

「書。」萌繪雖然已經走下兩階，紀世都還是沒有任何動作。

她觀察了紀世都一會兒。筒見紀世都的臉，像紙娃娃一樣平面，然而五官非常端正。他的手腳相當修長，如傀儡娃娃般沒有重量感，令人不禁想確定他的腳是否有著地。在圓環的綠色燈光照耀下，他的臉顯得異常慘白。這樣一看，他與明日香真的非常相像。不，紀世都的容貌更爲圓融，性格部分都被拿掉，而不確定的地方也都被削掉，許多像是親切、溫暖、人性、獨特及動感等等個性裝飾品，都像是被稀釋劑溶化後，再用水沖洗掉似的，完全消失得一乾二淨，所以這樣的他可以用「更爲圓融」來形容吧。

白皙而冷酷，理智且沉靜。如果他是女性，應該會成爲世界級的名模吧。以萌繪的常識來看，筒見紀世都已經二十九歲，卻不像快要邁入三十的男人……不，他根本不像年齡會增長的生物。

紀世都終於結束了星象觀測，將臉轉向萌繪。

「妳有空嗎？」紀世都像是電子合成的聲音說：「能不能陪我一下？」

萌繪有點吃驚。不知道爲什麼，她居然聯想到小愛。這請求讓她不知所措。

「如果不行的話……」紀世都張開雙唇並舉起一隻手。光是這樣的動作，在他身上看起來就像是多餘的。「那我先告辭了……」

「請問，『陪你』是要做什麼呢？」萌繪從背後發問。
「做什麼好呢？」紀世都回頭反問她。
「如果只是聊天呢？」
「好。」紀世都回答時，頭完全沒有要點的意思。
「眞的？」萌繪盯著他看。
紀世都只有稍微抿起嘴角，視線又拋向天際。
「我每次都是當眞的。」
「你的意思是？」
「沒什麼……」紀世都再次看向萌繪。「昨天我妹妹死了，所以我只能談這方面的事，可以嗎？」
「嗯。」萌繪點頭。
「妳叫什麼名字？」
「你先說你叫什麼名字？」
「筒見紀世都。」
「我叫西之園萌繪。」
「西之園……萌繪……」紀世都又重複了一次。
昨天早上在大御坊安朋的介紹下，萌繪跟紀世都見過面，從他現在的樣子看來，這個記憶應該已經完全消失了吧。他身爲工作人員，昨天確實很忙，所以他可能只稍微瞥了萌繪一眼，而大御坊介紹的名字肯定也沒聽進去。再說，在親眼看到自己妹妹那副令人震驚的死狀，不記得萌繪也是很自然的。

筒見紀世都雖然沒有顯露在外表上，但顯而易見他的感官已經麻痺了。不知道是喝醉的關係，還是對妹妹的死所產生的逃避反應，他言語中表現出來的情感，是空虛安靜又遲緩的，跟昨天見面時簡直判若兩人。

萌繪表示要開車，紀世都就踩著輕快的步伐尾隨在她後面。當他坐進副駕駛座時，身上還是散發出酒臭味。

「你有喝酒嗎？」萌繪邊發動引擎邊問。

「嗯，是喝了一點。妳也想喝嗎？」

「在哪喝？」

「去我家，就在那裡而已。」

當萌繪把車開出停車場時，紀世都無言地朝左邊指著。萌繪依照他的指示，轉動方向盤。筒見紀世都的父親是M工大的教授，所以他家應該很安全。萌繪打算把紀世都送回家，然後跟他的父親見個面。

「妳的車不錯嘛。」途中紀世都喃喃地說：「不過，護士應該買不起吧。」

「這誰都能買啊。」萌繪微笑說：「只要貸款就可以了。」

「妳有富有的男朋友嗎？」

「沒有。難道筒見先生是有錢人嗎？」

「呵……就算再有錢，鞋子也只能穿兩隻。」

他的語調很悠哉，感覺起來沒有喝得很醉，加上他思考速度也很快，萌繪甚至懷疑，也許他只是假裝忘記自己而已。

紀世都再次下了指示，萌繪反覆按照他的指引轉了幾次彎。目的地比自己想像中要遠得多，已經開到了N大附近。是在森林中的山區住宅地。車子最後左轉，爬上筆直的細長陡坡，移動了大約五十公尺的距離時，道路往右邊九十度轉彎。繞過那個轉角後，車子來到一帶較寬廣的地方。那裏就是路的盡頭。

「這裡？」萌繪停下車後問。這個偏僻的地方，讓她有點不安。

「嗯。這裡是私人道路，所以停車也沒關係。妳停在路中央就好了。」筒見紀世都說完後就打開車門，動作俐落地下車。

萌繪也跟著下車，看看手錶，時間將近十點。

她煩惱著是否要打電話回家，於是從座椅後拉出外套，確認手機就放在口袋裡，才用遙控鑰匙把車門鎖上。

紀世都已經先往前走了。

附近沒有任何類似大樓的建築物，甚至連住家都沒有。開車上坡的途中還有看到幾間組合式的公寓或獨門獨院的透天住宅。到了後半段，兩側就全是空地了。坡道盡頭的低矮石牆上，有面長滿草的斜坡，更上面的地方則有白色的柵欄，好像有道路可以通行。附近只有一棟蓋在石牆旁，像個大倉庫的建築物。紀世都就是往那個倉庫前進。

「這裡是哪裡？不是要到你家嗎？」萌繪追著他問道。

「是我家沒錯啊。」紀世都回答。

難道不是M工大筒見教授的家嗎？萌繪搞錯紀世都的意思，現在兩人單獨處在這個偏僻的地方，她開始緊張起來。

紀世都拿出鑰匙打開鐵捲門旁邊的鋁門，毫不猶豫地走進一片漆黑的房內。萌繪往門內窺探，卻什麼也看不到。

後來，燈終於亮了。

6

光芒一瞬間充滿這個寬廣的空間。起初，這裡給萌繪一種舉辦宴會般奢華和熱鬧的印象。如果搭配輕快的音樂，再加上旋轉的聚光燈，也許那樣夢幻般的感受還能多維持幾秒吧。然而充斥在這個空間裡面的，是一片寂靜無聲，以及毫無動作的詭異人影。

跟外觀看起來一樣，內部的確是倉庫。寬約十幾公尺，長約二十公尺，高度超過七公尺。倉庫裡有一半的地方搭建了二樓，只有右手邊的一個鋁梯能夠上去二樓。另外中央有個大籃子似乎是用來把東西運到二樓，它被掛在天花板滑輪垂下的繩子上面。二樓的邊緣完全沒有扶手，只有一整片地板。由於看到書櫃之類的家具，萌繪推斷應該是日常起居用的空間。

一樓的空間，不知該稱作工作室，還是攝影棚……也許最適合的稱呼，應該叫作工廠吧。

數量繁多的人體雕刻和奇形怪狀的半成品，把一樓塞滿到連走道都無法通行的程度。到處都纏繞著縱橫複雜的細繩，一些作品被吊在半空中，還有幾件作品是用繩子支撐著，呈現半倒下的狀態。牆壁、地板或是工作桌，到處都是四散的黃色泡棉，好像才剛發生了一場乳霜大爆炸。許多管子從左邊牆壁上的大型空氣壓縮機裡伸出來，沿著地板爬行，跟科學圖鑑上刊載的生物神經一樣是橘色的。

她還看到一個不知是用來換氣，還是用來吸垃圾的銀色排氣管。工地現場會使用的聚光燈被固定在鋁製梯子的平台上。無數的黑色管線在地上四處蔓延。在塗料的罐子、水桶、發泡聚乙烯的碎塊，及巨大廢棄物的包圍下，每個人偶都維持彷彿想要馬上動起來的不穩定姿勢，卻又嘎然停止。當然，每個人偶都是靜止的。

送氣管前端連結的研磨盤、鑽孔機、噴槍、噴霧罐等工具，現在也是鴉雀無聲。那種寧靜就像內容空白的噪音讓人耳鳴。

她甚至產生錯覺……感覺好像是一看到主人以外不知名的入侵者，所有物品就一起停止動作，剛才還在活蹦亂跳的人偶，不久之前還在迴轉運作的工具，就好像保險絲斷了或斷路器阻絕了電流……就在萌繪進門的一瞬間……通通停止了。

可見這樣靜止不動的光景多麼地不自然。稍微靠近觀察每個作品，上面都附有電路板、線路、插座和插頭等電子工學相關的零件。萌繪分辨不了這些零件只是裝飾品或是真的具備功能。

筒見紀世都爬上通往二樓的鋁梯，鞋子踩在鋁梯上的聲音，是房子內唯一的聲響。帶有現實感的音波，把萌繪從幻覺中拯救出來。

他站上二樓的地板後，回頭看了萌繪一眼。

「上來這裡吧。」紀世都的話語，形成了回音，迴盪在空氣中。

這時還站在門口附近的萌繪，終於回過神，把鋁門關上。當她再往上看時，已經看不見紀世都位於二樓的身影。他似乎已經在哪裡坐下了，萌繪的視野被二樓地板遮住。

不知從何時開始，傳出水龍頭的聲音，現在房間裡充滿水流聲。

萌繪決心往房子的深處前進，有幾個人偶用玻璃眼珠看著她，至於其他的人偶，有的眼睛閉上，有一些是沒有眼睛，還有些是裝上別種零件，比如鏡片、線圈、齒輪或小眞空管等等。人偶的髮型也不太一樣，有些長著如天線一般的頭髮，有的則像是從軟管裡擠出來的頭髮，或類似乾燥花的頭髮。

每個人偶都性別不明，看起來像精悍的女性，又像溫柔的男性；每個人偶的樣子都像紀世都，但表情又比紀世都來得豐富多變。身上的衣服款式多元，沒有一尊是裸體的，而且不管怎麼看，都不像地球人的打扮。雖然如此，卻又不像太空裝。明明是金屬的材質，卻帶著有機的感覺，彷彿衣服本身有生命一樣。

換言之，那種異樣的存在感，就好像身上穿著好幾條生命。即使是人偶本身，也充滿同樣的詭異感，乍看是人類，實際上卻不是生物。它們的臉、手、身體或腳的某處似乎是不連續的，好像各式各樣生命體都聚集在其中……這便是人偶的共通特徵。就算只有一個，恐怕還是可以代表全部人偶吧。

對於自己爲何有這種感覺，萌繪也感到不可思議。

「server」這個單字在腦海中浮現。眞實的人類不也是這樣嗎？人類也是許多生命的集合體嗎？爲何要說成是「一個」生命體呢？「一個」的證據到底在哪裡……

我們在哪裡算是一個？到哪種程度才算一個？把手臂砍掉的那一瞬間，難道算兩個嗎？如果不是這樣，那麼哪個是1，哪個是0？

如果把頭砍掉呢？頭是1？身體是1？1是什麼？1和0。

信號。

位元。

電子。

光線？

波長？

剎那……頭好暈。

萌繪做了深呼吸。自己是……她搖搖頭，切斷這些胡思亂想。調整呼吸後，水流聲再度傳進她的耳裡。

她的眼睛捕捉不到筒見紀世都的身影。人偶們還是一樣凝視著她，其中有許多雖然已經上了色，不過都是綠色混著鐵灰的顏色。沒有上色的，應該是未成品吧。

再往更裡面走。二樓下面的房間有一半也擺著工作桌，上面四處散置著人偶的頭和手臂，還有像研磨盤或旋轉切割機之類的大型機具。

倉庫裡面除了四周的牆壁外，沒有任何隔間。天花板有好幾個冷暖氣的送風管，看來空氣濾換能力很強。不過現在溫度很低，萌繪並不想脫外套。

水流聲是從二樓傳出來的吧，或許廁所和浴室在二樓深處。萌繪懷抱著這樣的想法，爬上鋁梯……可以看到二樓了。

一開始映入眼簾的，是一張大床，床單有一半垂落到地板上。床邊只有兩張看似電車或飛機的座椅面對面擺著。放在二樓中央的高大書櫃，擋住了萌繪的視線，使她看不到紀世都的身影。書櫃把二樓隔間成梯子前方的臥室和左邊深處的客廳兩部分。臥室地板上放著大螢幕的電視，兩邊的音箱則是放在水泥塊上面。在對面客廳的一角可以看到桌子。牆壁邊放著冰箱、微波爐，還有其他簡單的料理器具。

萌繪離開梯子，往裡面緩緩前進。二樓邊緣因爲沒有欄杆，所以非常危險。她小心翼翼地朝著客廳的方向前進。

7

當萌繪越過視線死角，看到被書櫃擋住的筒見紀世都時，不禁發出短促的尖叫，因爲他正全身赤裸著。

「喔，妳別太介意……」紀世都沒有看向萌繪，只是以輕鬆的口吻說：「我在洗澡。妳就先坐一下，想喝什麼就去拿來喝吧。」

萌繪再一次畏畏縮縮地往紀世都那裡看，發現原來客廳的深處有個白磁浴缸，浴缸底部有四隻金色的獸足支撐著。它就在桌子旁邊，而且很靠近書櫃和電腦。

粗大的管線匍伏在地面，管子的前端被支架撐起，管口對準浴缸，熱水奔流而出注入浴槽，蒸氣瀰漫，四周一片白茫茫。

萌繪又看了一次紀世都赤裸的背影後，就把視線移開，然後無可奈何地走到相反方向的冰箱前，伸手打開冰箱門。

「如果覺得冷，就先按下那邊的開關，然後再用桌上的遙控器把暖氣打開吧。」紀世都說。

萌繪往他那邊回頭時，看到他細長白皙的手臂水平伸直，指著一個綠色的配電盤，旁邊並排著似乎連工廠的起重機都可以啟動的大型開關和信號燈，還有古董級的圓形安培計。當她按下暖氣的按鈕就看到有個綠色大燈亮起來，於是又回到桌旁，按下遙控器的電源。隨著「噗」一聲的低鳴，地板產生了輕微的搖動。

筒見紀世都在浴缸中洗著泡泡浴。萌繪再次走向冰箱，從冰箱門的內側拿出一小罐啤酒。萌繪看到這台大型的三門式冰箱內，還裝有很多其他的食品，才終於相信紀世都確實在這裡生活著。

萌繪打開拉環，邊喝著酒邊在中央桌旁的椅子上坐下。當然，她避開了紀世都入浴的那個方向。

冰涼的啤酒非常好喝。

有個男人正在距離她三公尺的地方，全裸入浴，而且中間完全沒有任何阻隔。這種情況不但在萌繪人生中是第一次發生，而且以一般世俗的眼光來看，也不能算是生活的常態吧。

「妳要不要一起洗個澡？嗯……妳是叫萌繪吧？」

「嗯，那是我的名字，洗澡就不用了。」

「爲什麼？很舒服耶。難道妳一進到浴缸裡就會溶化？」

「那種程度不會讓我溶化的，不過我只想聊天。」

「是嗎？我們已經有聊過了吧？」紀世都的表情還是老樣子，看起來既不高興也不悲傷。

「你說過你的妹妹去世了。」萌繪又喝了一口啤酒。

因爲熱水快要滿出來，紀世都的手伸向管子，關上水流。

四周突然陷入一片靜默。

唯一剩下的是浴缸裡微弱的水聲。

「嗯……那是昨天的事。」紀世都的聲音，在房間裡迴盪著。

「她爲什麼會死？」

「被人殺害的。」

「被誰？」萌繪問的時候，並沒有特別裝出驚訝的語氣。

「妳認爲我是開玩笑的吧？」紀世都看也不看萌繪一眼。

「難道不是玩笑嗎？」

「我說的是眞的。」彷彿照本宣科般淡漠的語氣，聽起來實在不像是認眞的。不過他的確在陳述事實。「她是被人斷頭而死的。本來是個非常可愛的妹妹。」

「是誰殺的?」
紀世都朝萌繪瞥了一眼。
「妳跟我妹妹很像。」
「哪裡像?」
「聲音像。」
萌繪默默地喝著啤酒。現在她才感覺到口渴。
「對了,妳又是爲了什麼而來呢?」紀世都隔了好一會兒才說話。他已經沒在看她了。「爲什麼會對我有興趣?」
不知是否因爲啤酒的關係,身體變得很暖和,或許是暖氣增強的緣故也說不定,還是二樓其實打從一開始就這麼溫暖呢?
萌繪決定要坦白說出實話。
「我是大御坊先生的表妹。」
筒見紀世都聞言,緩緩地抬起頭凝視著萌繪。他好一陣子就像變成人偶般動也不動。這一瞬間,萌繪眼前出現了這個男人分裂成無數細小生命體的詭異幻覺。
「喔喔……」他微微開口,以悠哉的語氣喃喃說道:「是我昨天遇到的那個女孩嗎?」
「嗯。」
「妳眞是壞心眼啊。」
「對不起,我一直找不到機會說明。」

「我不會介意的。」紀世都挪開視線。浴缸裡滿是泡沫，甚至滴落到地板上，而他的臉，也在泡沫間若隱若現。「什麼嘛……那麼說，妳不是已經知道全部的案情了嗎？」

「嗯，可是我還不知道誰是兇手。」

「說的也是。」

「筒見先生，你有沒有想到些什麼呢？」

「警察昨天和今天都這樣問我……可是我完全沒想到。」紀世都回答。

「跟明日香交往的戀人呢？」

「我不清楚，應該沒有吧。」

「爲什麼？」

「直覺。」

「兩年前自殺的遠藤先生呢？」萌繪注意著紀世都的表情有何變化。

「誰告訴妳的？」他沒有看向萌繪，直接反問。

「我不能講。」

「是寺林吧？妳是那邊的護士，所以見過他吧。怎樣？寺林他還好嗎？」

萌繪心想，就讓紀世都那樣誤會下去好了。

「嗯，寺林先生他很好。請問，有人可能會因爲那個叫遠藤的人，而對明日香小姐懷有恨意嗎？」

「這個嘛……」紀世都說：「可以拿一罐啤酒給我嗎？」

萌繪走到冰箱，拿出一罐啤酒，然後走到浴缸旁，視線盡量不朝著紀世都，只伸出一隻手將啤酒遞給他。觸碰到紀世都溫暖的手，看見自己沾上肥皀泡沫的萌繪，便趕快從外套拿出手帕來擦拭。

紀世都在浴缸中喝起啤酒。等萌繪回到桌旁時，發覺有大量的暖空氣從送氣管裡湧出。

「你知道M工大的案子嗎？」萌繪再次坐在椅子上。

「我有在報紙上看到。」

「被殺的上倉小姐你認識嗎？」

「不，我不認識她。」紀世都喝完啤酒後，空罐就丟在地上。「啊，不過河嶋老師我認識。」

「河嶋副教授嗎？」萌繪有些意外。

「河嶋老師是模型迷，而且跟我老爸是同一個大學的同事。雖然我們不曾直接見過面，不過我老爸的模型同好長谷川先生，時常提到河嶋先生。而且報紙上也有寫到那個遇害女子，是河嶋老師在研究所的學生。」

「嗯……」萌繪點頭。「河嶋先生或許也認識明日香囉？」

「這我就不知道了。」

她一直以爲這兩件案子的共通關係人只有寺林先生而已，可是聽紀世都現在這麼說，事情好像跟她想的不一樣。

「自殺的遠藤先生，是個怎樣的人？」

「很普通的人。」紀世都很直接地回答，「是個有點過度認眞的人。」

「他的工作是？」
「是公務員，在市公所工作。」
「他是怎麼跟明日香小姐認識的？」
「遠藤的父親，也是我爸爸的模型同好。」
怎麼又是模型同好啊？萌繪不禁暗想。
「已經去世的遠藤先生，對模型也有興趣嗎？」
「他父親在那古野是頂尖的模型師，跟我爸一樣是鐵路模型的專家。不過死去的阿昌本身對模型沒有什麼興趣。如果他有在作模型，就不會自殺了。」
「爲什麼？」
「畢竟還有模型可以作爲心靈依靠，那樣他就不會因爲女人而尋死了。」看到紀世都面無表情地下了斷言，使得這番話聽起來也變得非常理所當然。
「那紀世都先生是怎麼看待模型的？」
「我已經從模型玩家中畢業了。從小開始就做過各式各樣的模型，比如塑膠模型或人偶模型，一直到現在以模型作爲事業，已經無法再回頭了。」
「請問……」萌繪的身體面向紀世都，雙腿交疊。「你知道Marda Prop嗎？」
「嗯，知道啊。」紀世都這麼說著，接著很快地從浴缸裡起身，使浴缸發出巨大的水聲。
萌繪慌忙地轉向旁邊，在椅子上重新坐好。
「那是什麼東西？」她提高自己的音量，背對著紀世都，很想把眼睛閉上。

「嗯，那個是很殘酷的東西，專爲喜好恐怖迷而做的。」紀世都往桌子這邊走來。他通過萌繪旁邊，直接走到冰箱前，從箱門背後拿出一罐啤酒。「妳對那種模型有興趣？」

「沒有。」萌繪低頭看著地板回答。她快速地瞄了一眼紀世都的腳部，看到從他身上滑落的水和肥皂泡沫，弄濕了地板。

「妳要不要再拿一罐啤酒？」

「啊，不用了，我已經喝夠了。」萌繪搖頭。

紀世都又走回萌繪的身旁，將桌上她喝過的啤酒罐拿起來。

「可是，這罐……已經喝光了啊。」

「眞的不用了。」

「怎麼了？不舒服嗎？」

「筒見先生，請你把衣服穿上好嗎？」萌繪依舊看著地面說：「你這樣讓我很困擾，我無法在這情況下跟你聊天。」

「喔，什麼嘛。」他用同樣的口氣說完後，就走到浴缸那邊，拿起掛在架子上的浴巾。「妳眞是個怪女孩。」

「我認爲……我只是普通的女孩罷了。」萌繪深呼吸後回嘴道。

「是嗎……晚上這種時間到一個陌生男子家裡……如果對方要求我脫光衣服還比較能理解，要我穿上衣服，我反而覺得奇怪。」

他用浴巾蓋住頭，穿上一條牛仔褲。

「這樣可以了嗎？」

「嗯，謝謝。」

「雄性是雌性創造出來的。」

「咦？」萌繪驚訝地停止呼吸。「你是指亞當和夏娃嗎？」

她一說出口，就馬上察覺到這是完全相反的兩件事。

「對了，等下可以讓我拍照嗎？」

「拍什麼？」

「拍妳。」

「拍我？請問是拍怎樣的照片？」

「嗯……只要拍前後左右各一張就可以了。」

「拍照片要做什麼？」

「我都是這麼做的。最近我也有用過雷射掃瞄來蒐集資料。」

「用雷射掃瞄？蒐集資料？」

「是啊，就是用雷射掃瞄來蒐集資料。我這麼做，只是爲了要取得表面的座標值而已。」

「那穿著衣服也能做嗎？」

「嗯。有的情形是穿著就好了。妳爲什麼這麼在意這個？」

「我認爲我這麼想是很正常的。」

「不能拍照嗎？」

「嗯，我差不多該回去了……」紀世都的話，讓萌繪心裡發毛，忍不住拒絕了他。

「那麼，我就給妳看看『那個』吧。」紀世都站在萌繪面前，上半身還是赤裸的，溼透的頭髮上滑落的水珠，滴在肩膀和胸口上。

「你所謂的『那個』是？」

「妳既然都特地來了，我就順便藉這個機會來哀悼妹妹好了。」

「到底是什麼？」萌繪追問。

令人驚訝的是，筒見紀世都這時竟然笑了。那個笑容就像是勉強扭曲塑膠面具，展露出不可言喻的做作和詭異。

萌繪看了，不禁背脊發寒。她第一次出現想逃走的念頭。

「妳最好把衣服脫掉喔。」紀世都湊近萌繪的臉說。

「我拒絕！」萌繪站起來，往後退了幾步。

「是嗎？」紀世都又回復原本無表情的面容。「那妳可不要生氣喔。」

「這個……我……」

紀世都離開她身邊，頭也不回地往前走去，他的行動和行動的不可預測性，都讓萌繪十分焦慮。

筒見紀世都動作俐落地跑向梯子後，就像滑下去一樣地不見了。萌繪跟在他後面，從沒有欄杆的地板邊緣往下窺探。卻看不見他的人影，是因爲他已跑到二樓地板下面的關係嗎？深感不安的萌繪，爬下了梯子。

梯子爬到一半時，萌繪看到紀世都正從一樓深處放著工作檯的房間裡，拖出一輛大台車。

他將台車推到房子中央一塊開闊的空地上，掀開原本覆蓋在台車上的塑膠布。

附有小輪子的台車上，放著類似巨大刺蝟的物體。它的長度應該有一公尺半，橢圓形的軀體，形狀像是對剖成一半的蛋，表面還有超過二十根以上的紅色透明柱狀物突出來，看起來很像是正在豎起硬鬃毛的巨大刺蝟。

筒見紀世都忙著繫繩子，好像在爲什麼做準備。

仔細一看，刺蝟身上的紅色透明突出物，其實是裝著紅色液體的寶特瓶。每個瓶子都是底部朝天倒過來放的，由像是蛋型的巨大橄欖球往上突出約三十公分。至於從軀幹末端延伸出去的粗繩和管子，看起來就像刺蝟的長尾巴。除此之外，沒有其他特別的裝飾。跟周圍的人偶比起來，這個抽象作品顯得異常簡單。

他拉著粗大的管子，跑到牆邊的空氣壓縮機，然後很迅速地將管子插進活栓裡。

萌繪看著地板，小心翼翼地在人偶之間移動。紀世都見狀，便緩緩地向她走近。

「那我就開始囉。」

紀世都在萌繪面前輕輕舉起一隻手。他白皙又修長的指尖，握著一個黑色的小東西。那是萌繪打開空調時，所使用的同一個遙控器。

他的手指按下遙控器的按鈕，牆壁因應這個動作，發出短促的機械聲響。空氣壓縮機的馬達開始運轉，機器的迴轉以加速度高亢地嘶吼著，空氣閥則發出「空、空」的規律聲響，吵雜得讓人想摀住耳朵。

紀世都回到房間中央，雙手在頭上配合著旋律拍手，慢慢地轉起圈來。不過他依然面無表情，完全看不出一絲快樂的感覺……就像眞的傀儡人偶，也像被放在櫥窗旋轉檯上緩緩轉著圈的假人一樣，就連他那依然潮濕的頭髮，還有因緩慢的運動而微微震動的手臂和胸口的肌肉，也全都像是用塑膠製成，用亮光漆上色的人偶模型一樣。

他到底哪裡有生命呢？她不知爲何會產生這個疑問。萌繪環顧四周，開始往後退。什麼要開始了，她也不清楚。

耳邊響起空氣洩出的聲音。台車上的刺蝟，正在震動著。寶特瓶裡的紅色液體表面，有無數細小氣泡，一個個像是具有生命似的浮起，這些氣泡還比較像是有生命的東西。

終於，刺蝟的軀體開始閃爍光芒，無數的閃光，使得萌繪不得不瞇起眼睛。站在附近的紀世都，一瞬間也變成純白的影子。

光線閃爍的頻率越來越快，有好幾個地方都在發光。因爲太刺眼了，萌繪實在沒辦法往那邊看。

「明日香最喜歡這個了。」紀世都這樣說著……用他像電子合成般的聲音。

「就讓妳看看吧。」

好刺眼。

「很特別喔……」

刺蝟突然發出之前所沒有的聲音，像氣爆一樣的……炸裂聲。

到底發生了什麼，萌繪還一頭霧水時，下一秒鐘，天花板就發出巨大的聲響，抬頭一看，倉庫高處的天花板上，有一道閃光的殘影。

有小東西在旋轉著，寶特瓶不停地打轉，漂浮在半空中。水花像陣雨一般，灑落在萌繪臉上。緊接著，又是另一波爆炸聲，萌繪連出聲吶喊的空檔也沒有……這如空氣摩擦般的聲響。

一瞬間，換成她背後的牆壁在低吼，又有寶特瓶在半空中飛舞，自牆壁彈開，又撞向天花板，鮮紅的液體再度由上往下灑落。

寶特瓶墜落在她的腳邊時，還不停地打轉著。萌繪雙手抱頭，發出短促的尖叫聲。東西破裂的聲音此起彼落。

爆炸聲。

摩擦聲。

噴射聲。

不斷重複，不停重複，接二連三……

刺蝟正在發射著寶特瓶，像火箭般一個接著一個發射出去。這些小型飛彈邊噴灑著紅色液體，邊在房間內四處飛竄。

「還是把衣服脫掉比較好吧？」她聽見紀世都的聲音。

寶特瓶撞到牆壁，撞到天花板，撞到周圍的人偶，也撞到拉起來的繩子上。縱使掉在地上，它們仍舊繼續爬行及迴轉著，不停往四周噴射紅色的液體。

是刺蝟煙火吧。

到處都染成一片鮮紅，萌繪的手、手臂、衣服和頭髮都被打濕了，溼透了，也紅透了。

「好耶！」筒見笑了，放聲大笑……

他的塑膠面具，變得鮮紅而扭曲。就連塑膠的手臂、肩膀及胸口，也無一倖免。

寶特瓶如冰刨從天花板墜落，萌繪用雙手保護著頭和臉，撤退到牆邊。

紀世都又笑了，那笑聲像是用電子琴合成出來的。就連聲音，也不是「一個」，而是許多振動的集合體。

我們不知道什麼是「一個」，也沒有可以被稱作是「一個」的東西。

1到底是什麼？

萌繪不知道自己到底尖叫了幾次，好幾次她都被東西打到，最後這些到處飛竄的生命體，終於安靜了下來……寶特瓶飛彈已經不再發動了。

現在，只有空氣壓縮機的運轉聲和筒見紀世都的笑聲還繼續著。

萌繪慢慢地接近出口，她已經不想再待在這裡了。哪怕早一秒鐘也好，她想快一點出去。她將手放上門把後，再一次回頭看筒見紀世都。

紀世都彷彿要把自己覆蓋在已將飛彈發射完畢的刺蝟軀體上，並讓蒼白的臉頰緊貼著刺蝟軀體表面。

又笑了。

不對。

是在哭，他在放聲大哭。

那啜泣的聲音，是美麗的正弦波。他果然還是「一個」生命嗎？只有感情部分才是「一個」

嗎？不會邊笑邊哭這點，就是感情只有一個的證明嗎？

萌繪折回房間裡，將空氣壓縮機的開關關掉。四周除了一片濕淋淋的鮮紅外，又回復到之前原本的寂靜。

萌繪不明白自己爲何要關掉壓縮機，但她就是有股結束這一切的衝動，想要讓這房裡的事物都能得到安歇，讓一切全都恢復原狀。

筒見紀世都抬起頭，用蓄滿淚水的雙眼望著萌繪。他的眼淚洗去臉上的紅色水漬。眼睛，就像玻璃般透明晶瑩。

「好玩吧？」他用沒有抑揚頓挫的聲音說。

那聲音聽起來，像是從剛剛產生的某種感情中所發出來的。

「嗯，謝謝。」萌繪盡可能地用溫柔的語氣回答後，就直接往門口走去。

「晚安。」紀世都的聲音自背後傳來。

她默默地走到屋外。

8

萌繪把車子前面的行李箱打開，脫下髒掉的上衣，然後拿出跟網球拍一起放在運動背袋裡的毛巾，把臉擦乾淨。透過冰冷清澈的空氣，可以看到很遠的地方，連星空也變得鮮明。附近因爲沒有路燈，所以顯得非常陰暗。她爲了確認自己的臉已經擦拭乾淨，便坐進車裡發動引擎，然後打開車內的燈，從後照鏡檢查自己的臉。

筒見紀世都的石棉瓦房一片寂靜。無照明的環境讓入口的鋁門淹沒在黑暗中，但如果有人開門的話，應該很容易發覺。她繼續凝視那邊一會兒，今天晚上的遭遇多少有些恐怖，讓萌繪感覺好像紀世都那張面具般的臉，隨時會從那扇門出現一樣。雖然心中這麼想，卻還是遲遲不忍離去。車子引擎繼續運轉著。不知道是否因爲紀世都最後那句「晚安」的關係。他只有在說那句話時，聲音才變得這麼溫潤柔和。

萌繪嘆了口氣，兩手貼在額頭上。心臟的跳動依舊有些急促，手腳明明冰冷，唯獨額頭卻是溫熱的。

自己應該是「一個」的吧。她是這麼想的。自己到底能保持「一個」到何種程度？如果活著，就算「一個」嗎？活著的時候，要怎樣才能變成「一個」呢？

她又嘆了口氣，繫上了安全帶。

倒車兩次改變方向後，她沿著原路開回去。當打起遠燈開下斜坡時，有個正走上斜坡的人，隨即進入車燈的範圍內。

她輕踩煞車，搖下車窗一看，有個男人朝她微微一笑。

「小萌？」

「安朋哥。」

原來是大御坊安朋。他跟平常一樣穿著黑色系的衣服，頭上戴著俄羅斯帽。萌繪看到他，不禁鬆了一口氣，體溫和呼吸似乎也因此恢復正常了。這種感覺令她現在就想跳下車給安朋一個擁抱。

「妳從筒見他家出來的嗎？」大御坊探頭進車子裡。「他還在上面嗎？」

「嗯，他是在家沒錯，可是……」萌繪拉起手煞車後點頭。

「可是什麼？」

「沒什麼，只是我剛剛吃了一頓苦頭，情緒還沒有穩定下來而已。」萌繪說完又嘆了口氣。

「所謂的苦頭是……」大御坊面色凝重地說：「還好吧？怎麼了？發生了什麼事？」

「就是寶特瓶火箭發射大會啊。唉，眞是的……眞不敢相信他居然會這麼做！」

「喔喔……是那個啊。」大御坊竊笑起來。「嗯，我了解。沒想到妳竟然……眞是可憐。那眞的是一場災難呢，我以前也遇過。」

「筒見先生眞是一個超級怪人。」萌繪聳聳肩說：「我的外套可能已經不能穿了，雖然並不是多麼貴重的衣服……」

「妳就節哀順變吧。」大御坊說完，又再次看向坡道上方。「這樣啊……那今天晚上紀世都就不能用了。」

「咦？」萌繪不能理解大御坊這句話的意思。

「他只要做過那件事就會像壞掉一樣，頹廢好一陣子。我今天只好先放棄了。小萌，方便的話，可以載我一程嗎？」

「嗯，請上車吧。」

大御坊繞過車前，坐進副駕駛座。

「到附近的車站就好了，我在那裡搭計程車回去。」大御坊盯著萌繪看了看後，又笑了出來。「哇，被整的眞慘，可憐啊……不過，妳別生氣喔，那個可是他的藝術創作呢。」

萌繪繼續往前行駛。她在下坡道時左顧右盼了一下，然後往右轉。

「妳看那個。」大御坊往後看然後拉高嗓門。「那輛車是警察的。他們是不是在追我們？」

「我們被跟蹤了嗎？」萌繪看向後照鏡。

「我下計程車的時候，那輛車就停在距離稍遠的地方。妳看，相反方向還有一輛。難道他們在監視紀世都嗎？」

「紀世都先生是坐我的車，從鶴舞的大學醫院回來的。」

「那就是跟蹤小萌的車囉。」

「我沒有發覺到。」

「小萌爲什麼會來這裡？」

「喔，是順水推舟過來的。」

仔細想想，警察理所當然會跟蹤筒見紀世都。他在大學醫院上車時，應該就被警察跟蹤了。說不定，在萌繪停車的坡道上，也許有人就躲在黑暗中，而且還看到她用毛巾擦臉的舉動。

「筒見今天應該一整天都在警察那裡才對。」大御坊說。

「安朋哥呢？」

「我也是……」大御坊點頭，「這也是沒辦法的事……我有點擔心他，所以才想說要來這裡找他一起喝個酒。算了，既然他還有心情玩火箭，看來是不用操心他了。」

「他有喝酒喔。」萌繪說：「他不但在我面前洗澡、喝啤酒，而且還引發那場火箭騷動。」

「畢竟是藝術家嘛。」

「他這樣做很失禮……」萌繪稍微鼓起臉頰。「不過，話說回來……我是有一點點同情他啦。」

「他哭了吧？每次只要做完那件事，就是他開始哭的時候呢。」

「安朋哥，你跟筒見紀世都先生很親密嗎？」

「妳這話是什麼意思呀？」大御坊故意高聲地反問她。「小萌已經是大人了吧？」

「我收回我的問題。」萌繪把頭轉向旁邊，露出微笑。

「沒關係啦，我完全不會在意，我們才不是那種關係呢。既然彼此都是創作者的身分，所以是一種……嗯……是充滿緊張感的奇妙關係吧。」

「緊張感？」

「是啊，如果要形容得更明確的話……反正絕不是那種可以輕鬆相處的關係。」大御坊笑著回答。

車子在幹道上的十字路口停了下來。

「到這裡就好了。」大御坊說：「那麼，妳回去時要小心一點喔。」

因爲那裡有地鐵的緣故，所以十字路口的轉角處停著好幾輛計程車。

萌繪看看手錶，發現時間已經超過十一點了。

「那……晚安囉。」大御坊打開車門。

「嗯……我回去後想喝點酒，安朋哥可以陪我一起喝嗎？」萌繪說完，大御坊默默地將打開的車門又關了起來。

「這種事我最歡迎了。」

「謝謝。」萌繪露出微笑。

「小萌已經到這種年紀了。」大御坊又竊笑起來。

車子在十字路口右轉，經過N大校園的前方。

「十一點了，犀川老師已經不在學校了吧……」萌繪低聲說。

「喔，妳要把犀川叫來一起喝嗎？」

「老師不會來的啦。」

「是這樣嗎？」

「嗯，而且他不喝酒。」

萌繪把從傍晚到現在所發生的一切，簡單地說給大御坊聽。當說到她如何扮成護士跟寺林見面的經過時，大御坊不禁拍手大笑。

「安朋哥也知道遠藤昌先生這個人嗎？」

「嗯，知道一點。」

「他被筒見明日香小姐拋棄因而自殺的事，是眞的嗎？」

「我不去評論那種事的眞假與否。」

「可是紀世都先生認爲事實就是這樣，因爲他對寺林是這麼說的。」

「有的時候人會很輕易地說出連自己都不相信的話，所謂的言語就是這樣的東西，所以妳不要太認眞地去思考比較好。」

「遠藤昌的父親呢？」

「我跟他父親還滿熟的。」大御坊回答，「對了，說到遠藤先生，前天……就是星期六晚上，我還有跟他見過面呢。」

「在哪裡？」

「在鶴舞公會堂的附近。我們當時一起吃飯，後來還去了筒見老師家做客。遠藤彰這個人……是模型界大師級人物的其中一人，職業是醫生。」

「紀世都先生的父親當時也跟你們一起嗎？」

「是啊，那是當然的。大家星期六都到筒見老師家聊天。那三個人就像是那古野模型界的三巨頭。」

「你說三個人，還有一個人是誰？」

「是個姓長谷川的人。」

「長谷川先生？」

「我記得……長谷川先生中途就走了。遠藤先生和筒見老師是鐵道模型家，長谷川則是飛機模型家。妳聽過Solid Model嗎？」

「Solid……是固體嗎？」

「那是指用木頭削製而成的模型，是一種實心的模型。」

「長谷川先生……我記得……紀世都先生曾提過，他跟M大的河嶋副教授彼此認識。」

「河嶋老師，我沒見過，但有聽過名字。他有來公會堂嗎？」

「這兩個案子之間果然還是有關聯的。」萌繪握著方向盤，看著前方說道：「起初以爲只有寺林先生是兩個案子唯一的共通關係人，可是河嶋老師其實也有這種共通性。明日香以前的戀人自殺了，雙方的父親都是模型同好，而且在案發的星期六當天，又剛好在殺人現場的附近。同樣是模型同好的長谷川先生認識河嶋老師，而且紀世都先生也說過他父親認識河嶋，那麼河嶋相當有可能去過筒見家。」

「在M大遇害的女孩，是寺林的女朋友吧？」

「嗯。」

「寺林他對這件事的說法是？」

「他說上倉裕子那邊比較主動。」

「喔。」大御坊沉思著。

「有多少人同時知道筒見明日香和上倉裕子兩者的存在呢？」

「不行……我對複雜又混亂的人際關係完全沒辦法統整，無法記住誰跟誰認識這種事，人與人之間的網絡完全進不了我的腦袋。有些人能記得很清楚，但我就是不行，因爲人際關係會讓我的頭腦產生恐慌的。」

「這麼嚴重啊。」

「兩個案子個別分析，不是比較簡單嗎？」

「簡單？」

「因爲如果從M工大的案子看來，兇手的確是寺林。他應該是被女方追得很煩，所以才萌生殺意的吧？」大御坊笑著說：「接下來，如果只思考公會堂的案子，那兇手就是……嗯，是誰呢？」

「還是寺林先生？」

「是啊……可能他想要接近明日香，卻被狠很拒絕了。嗯……這下可好，寺林陷入空前危機啦。」

「爲這種事情殺人未免太……」

「不管是因爲多小的事，想殺的人就會殺，跟理由大小無關。」

「我不覺得寺林先生像是會做這種事的人。」

「我當然也是這麼想。」大御坊看向萌繪。「案件跟信任完全是兩碼子事。妳看，人類這種生物就是可以不假思索地說出漂亮話。」

由於深夜的關係，路上空蕩蕩的。眼前便是萌繪住的大廈了。她的車子穿過警衛打開的大門，滑下通往地下室的斜坡。

「好久沒來這裡了。」大御坊很高興地說：「有幾年沒來了？」

「嗯，剛好隔了三十個月，九百一十七天。」

「妳還是老樣子，對數字這麼強。」大御坊笑了。

「嗯，數字畢竟不像人類複雜嘛。」

9

萌繪先沖了澡。當她回到客廳時，已經過了十二點。大御坊安朋獨自坐在沙發上，一手拿著DV，將鏡頭對準昏昏欲睡的都馬，一手則搖晃著玻璃杯。都馬是萌繪的愛犬。一開始看到大御坊時還很興奮地搖著尾巴，不過看來牠的熱情很快就冷卻了。

桌上備有酒瓶和冰塊，還擺上了點心。

「抱歉，讓你久等了。」萌繪在大御坊面前的沙發上坐下。

「不會，別那麼見外。」

大御坊將DV轉向萌繪好一會兒，終於切掉電源，將它放在桌上。

「你之後會看嗎？」

「妳指錄影帶嗎？不，我不太會去看。」大御坊回答。他在新杯子裡放進冰塊，動作熟練地為萌繪調配她要喝的份量。「拍的時候才是重點。我只是在確認自己是否有隨時隨地觀察事物的好眼光。至於拍完之後的紀錄，對我而言就像垃圾一樣，所以我一直重複使用同一捲帶子。」

萌繪接過杯子。

「諏訪野先生氣色很好嘛。」大御坊一邊撫摸著再次靠近他的都馬一邊說。

「嗯。」

大御坊看著都馬說：「個性應該比較穩重一點了吧？」
「牠只是想睡覺罷了。」
「我不是說狗，而是說妳。」大御坊露出微笑。
「眞的有比較穩重嗎……」萌繪以嘴唇碰觸冰涼的杯子，稍微聳聳肩。
「跟三年前比起來，已經變得穩重許多了。」
「嗯，大概吧……」
「好了。」大御坊將杯子放在桌子上，點起一根細長的香菸。「妳應該有事情想跟我說吧？是犀川的事情嗎？」
「錯了。」萌繪坐直身子。「是案子的事。」
「什麼嘛，有夠無聊的。」大御坊抬起下巴。「早知道就不來了。」
「星期六晚上……」萌繪立刻開門見山地說：「最後看到寺林留在那間準備室的人，是安朋哥吧？」
「沒錯。」
「他當時在做什麼？」
「在修理人偶模型。當時似乎快要修理好了。」
「那是在房間的哪裡？」
「妳是指當時他修復模型的位置嗎？從門口來看的話是在右側牆邊，他在使用那裡的桌子。」

「那尊寺林先生修復的人偶，星期日早上放在什麼地方呢？」

「這個嘛……」大御坊側著頭，一隻手抵著下巴。「這麼說來，我一直都沒有看到人偶呢。」

「那麼你是在寺林先生修理完畢收拾好東西之後，才看到他的囉？」萌繪說到這裡時，喝了一口酒。

「應該是這樣吧。」大御坊點頭。「妳有沒有問寺林他的模型放在哪裡？」

萌繪沒有問寺林這個問題，也不記得曾在房間裡看過類似的東西。他被襲擊的時候，那個人偶被放在哪裡呢？人偶後來又在哪裡呢？

「那燈呢？」

「房間的？」大御坊反問。

「嗯……早上進去準備室時，燈是開的嗎？」

「這個嘛，該怎麼說呢……畢竟當時是白天，所以有沒有點燈實在是……」

「有誰碰過電燈的開關嗎？」

「不，我想當時應該是沒有人碰過吧。」

「我探頭進去看的時候，天花板的日光燈是亮著的。」萌繪說：「因爲電燈開關是在房間裡的，所以代表電燈是從前一個晚上就一直開著沒關。」

「沒錯。小萌，妳觀察得眞仔細啊。」

「寺林先生修復完人偶，要離開房間時，應該有把電燈關掉。然後他在昏暗的走廊上要鎖門時，被人從後面襲擊……他突然從後面被打昏，應該就是那個時候發生的，而且他本人也是這樣跟我說的。」

「那麼，是兇手將寺林拖進房間，再次把燈打開囉。嗯……」

「那時筒見明日香小姐還沒來。」

「小香是被人叫到那裡去的吧？那是緊接在她和我在噴水池擦身而過之後發生的事情嗎？難道把寺林打昏的兇手，幾乎是和我同一個時間進出公會堂的？」

「是的。這之間幾乎沒有空檔。」萌繪點頭。「而且在兇手的計畫中，並沒有料到寺林先生會因爲發生模型被弄壞的意外而待到那個時候。畢竟修復模型的時間是無法事先預測的。」

「嗯，兇手的目標，從頭到尾都只有明日香一個人。」

「對了，一般人會將見面地點選在四樓深處那種地方嗎？」萌繪說完後，盯著大御坊看。

「反過來站在明日香小姐的立場，難道會只因爲有人找她過去，她就毫不猶豫地踏進那棟空無一人的建築物嗎？而且她還是瞞著警衛進去的……」

「妳這話是什麼意思？」

「他們兩個人先在公會堂外面的樓梯上會合，因爲女生通常不會一個人走進去的，所以，兇手大概是和明日香約在公會堂玄關前，在戶外先碰面。然後再一起走進去。」

「爲什麼要進去？」

「因爲兇手知道寺林先生還在準備室裡面。」

「兇手爲何會知道？」

「應該是看到寺林先生的車停在附近的關係吧。另外如果四樓的準備室，電燈還是亮的，那麼別人從外面就可以看得很清楚。雖然從正面玄關不可能看見，不過從旁邊走過來的話……」

「喔，原來如此。」大御坊點頭。「好，然後呢？」

「兩人沒有告知警衛就不動聲色地進入建築物裡，然後走上通往四樓的樓梯。兇手大概就在明日香上樓梯的途中，從後面重擊她。」

「妳怎麼知道？」

「兇手一定想在還沒到準備室之前先把明日香解決，也希望盡量離警衛室越遠越好，所以兇手在這個兩人不敢發出聲音，怕驚動警衛的狀況下先行動手了……」

「好吧，當作眞是如此好了。然後呢？」

「我想，當時那條筆直通道上，一定黑得伸手不見五指。在那片黑暗的盡頭裡，準備室的大門打開了……」

「妳說的像親眼目睹似的。」大御坊圓睜雙眼。

「寺林先生正好走了出來。房間裡的燈光從打開的門流洩出來，將他的身影照的一清二楚……」萌繪繼續說：「就在此時，寺林先生把燈熄掉了。兇手見狀，於是加快腳步穿過黑暗，從後面偷襲正在鎖門的寺林先生。兇手應該就是用才剛打過明日香小姐，還拿在手上的那把兇器吧。」

「爲什麼兇手連寺林都襲擊呢？」

「如果不這樣做，寺林先生就會走到明日香小姐昏倒的地方了，所以只好在他發現之前先下手爲強。」

「可是兇手本來不就是爲了要見寺林……才會上樓去的嗎？」

「兇手沒有想到寺林先生會出來，而且……我想一定是明日香小姐以寺林也在準備室爲理由，提議進去建築物裡的。根本不想見到寺林的兇手，只好提早襲擊明日香小姐，沒想到寺林先生卻恰好在此時離開房間，所以兇手又無奈地對他下手了……」

「咦？那兇手一開始本來打算怎麼做？」

「兇手打算殺了明日香小姐後，先把她拖到某個地方藏起來，以便在寺林先生出來時可以裝作從容的樣子。」

「假裝從容？爲什麼不逃走呢？」

「因爲兇手想把頭砍下來。」

「這樣啊……是因爲頭啊，原來如此。不過爲什麼兇手想把頭砍掉呢？」

「那個問題先擺在一邊吧。只有那個我還沒想出來，所以現階段也只好先放棄那一部分了。」

「兇手連砍斷頭的道具也有準備嗎？」大御坊稍微皺起眉頭，把杯子裡的酒一飲而盡。「兇手到底是用什麼砍的？應該是非常巨大又笨重的工具吧。」

「我想，在那個房間把頭砍斷，也是兇手的計畫之一。」萌繪的杯子裏也只剩下冰塊。當她將空杯放回桌上，大御坊便開始轉開酒瓶的瓶栓。「說不定，兇手是看到在準備室前鎖門的寺林，突然擔心進不去裡面，會破壞在那間房間裡把頭砍下來的計畫，才會在情急之下襲擊寺林先生的。」

「妳這樣說，讓我快搞不清楚兇手究竟是有預謀，還是臨時起意了。因爲一般來說，門不是都會被鎖上嗎？」

「抱歉，我收回上一段話。其實我也還沒整理過。眞奇怪……我已經醉了嗎？在這種情況下，你還肯聽我講話，眞是太感謝了。」

大御坊笑了起來。「小萌妳好像變了很多呢。沒關係啦……我一點也不覺得無聊，酒又很好喝，看到了令我懷念的妳，我已經很久沒這麼高興了。好啦，繼續繼續。」大御坊將加了冰塊新調好的酒遞給萌繪。

「好了，再來是……」萌繪眼睛往上望著天花板。「兇手將昏倒的寺林先生拖進準備室，然後沿通道折返，再將明日香小姐的屍體也搬到準備室。爲了怕被警衛看到，兇手於是將門從內側鎖上。寺林那時當然還活著，只是兇手不知道是根本不在意，還是誤以爲他已經死了……反正，明日香小姐在那時候應該就已經死了。」

「爲什麼？」

「我並沒有證據可以證明這個論點是正確的。就算當時她還活著，兇手應該也會再勒斃她以絕後患。」

「妳這種說法眞可怕啊。」

「畢竟我已經是成人了。」萌繪莞爾一笑。

「這跟我的意思完全不一樣啊。」大御坊露出苦笑。

「此時，不但已經沒有人能妨礙他了，而且一樓的警衛室跟四樓的準備室幾乎是建築物的兩端，中間隔著很長的一段距離，所以警衛也不會聽到任何聲音。兇手已經準備好要進行預定的行動了，可是正在試圖砍斷明日香小姐的頭的時候，卻有一通電話打進來。」

「咦？電話？那個房間有電話嗎？」

「那裡有個室內電話。如果不是從室內電話打來的，那就是手機了。」

「哦……」大御坊嘴巴開開的，不知是在佩服萌繪還是在發呆。「是兇手的手機嗎？」

「嗯，也有可能是明日香小姐或寺林先生的手機。」

「我認爲寺林應該不會帶手機才對。」

「現場並沒有發現任何手機。」萌繪說明。這消息是從鵜飼那邊聽來的。「所以這完全是我個人的猜測而已。」

「妳之前那些頭頭是道的推測，不也都是猜測嗎？」大御坊用淘氣的表情喃喃地說。

「兇手一定是透過這通電話，跟M工大的上倉裕子說過話。」萌繪說。

大御坊陷入沉默好一會兒。萌繪則一邊喝著冷酒，一邊看著他的眼睛。

「妳的推論跳躍得太厲害了，我有點跟不上。妳心中認定的兇手到底是誰啊？可不可以先告訴我？」大御坊神情嚴肅地問。

「我不知道。」萌繪搖頭。「不過，兇手是應該認識上倉小姐，而上倉小姐對他也很熟悉的人。」

「電話是上倉小姐打的嗎？好吧，就當作是這樣好了……那麼說兇手有接電話囉？既然有接的話，就代表是兇手自己的手機，而不是明日香的。我不認爲兇手會去接被自己殺掉的人的電話。」

「也不是不可能啊。如果兇手是和明日香非常熟的人，幫她接電話也不會不自然啊。」

「是這樣嗎？」

「不過，安朋哥你說的沒錯，手機是兇手自己的是可能性最高的答案。」萌繪點頭。她將玻璃杯上回桌上，雙腿交疊。「所以兇手是上倉小姐會在那種時候打電話去的人。」

「嗯，好吧，那又怎樣呢？」

「比如說……」萌繪眼珠大大地轉啊轉。「上倉小姐可能會這樣講……我剛剛去過你家，可是你不在。你到底在哪？我和寺林約好了，可是他還沒來。你知道嗎？」

「只要回答『不知道』就可以結束啦。」大御坊回話。

「嗯，看來剛才的對話不行。」萌繪搖頭。「那這樣說如何……『喂，你現在在哪裡？』」

「在我家……」大御坊回答，「這種時候被這樣問，也只能這樣回答了。」

「如果接『我現在要去你家玩』，可以嗎？」萌繪說完露出微笑。「『因爲約好的人沒來，所以時間就空下來了』。」

「這樣不好吧……」大御坊用驚訝的表情喃喃說著。

「爲什麼？」萌繪說。

「嗯，因爲我剛好要出門……」大御坊回答。

「對，應該就是像這樣的感覺吧。」萌繪說完，便靠在沙發上。「電話就在這裡被掛斷了。也許他們有講到更重要的事……又或許他們做了某種約定……總之，在那通電話之後，兇手就開始感到不安了。」

「爲什麼？」

「我想是因爲上倉小姐發覺到什麼了。」

「然後呢？」

「兇手暫停砍斷明日香小姐頭顱的工作，先到M工大的實驗室去。」萌繪又伸手去拿桌上的杯子。「根據兇手的判斷，最好先跟上倉小姐見面以製造不在場證明，至於砍斷頭這件事，只要稍後再做就行了。」

「所以兇手就跑到M工大去殺那女孩？爲什麼非殺不可呢？」

「因爲上倉小姐發現到什麼可疑的地方吧……」

「怎麼說？」

「可能是手上有沾血之類的吧。」萌繪喝著酒。「兇手當時一定很慌張。」

「所以兇手又殺了一個人？」

「嗯，這次是用絞殺的方式。」

「可是，那間實驗室的門不是也被鎖上了嗎？」

「那一定是因爲……兇手開寺林的車去M大的關係吧。寺林的車停在公會堂附近，而且兇手在他的口袋裡發現鑰匙。從公會堂走到M工大最少要花五分鐘，如果開車的話，只要一分鐘就好。」

「這代表實驗室的鑰匙也附在車鑰匙的鑰匙圈上嗎……」

「沒錯。兇手就是用那串鑰匙，在殺了上倉小姐後，把門鎖上後才逃走的。這樣做的目的，是因爲他在公會堂還有重要的事要做，所以要盡量拖延屍體被人發現的時間。」

「在殺了上倉小姐後，兇手又回到公會堂進行砍頭的工作呀。」大御坊抽起菸來。「他還眞忙呢。」

「不，當時才九點，時間很充裕，所以他應該可以很從容地做這件事才對。」

「也是啦……結果他的計畫還是不順利，特地把門鎖上，卻還是立刻被發現了。當時在公會堂的兇手，應該聽得到往M工大開去的警車警笛聲才對，所以我想他也不可能多麼從容吧。」大御坊眼睛被煙熏得瞇起來。

「後來，兇手把砍下來的頭帶出去，開寺林的車子逃走了。以上就是全部過程。」

「那準備室的門要怎麼辦？兇手是怎麼鎖上的？」

「那是兇手的障眼法。」萌繪莞爾一笑。「門的確是從外面鎖上的，兇手只是在第二天寺林被送上救護車時，故意偷偷地把鑰匙丟在那裡而已。也就是說，鑰匙其實並不在寺林先生身上……」

「唉，小萌啊……」大御坊在菸灰缸中揉熄香菸，慢條斯理地說：「這樣推理是行不通的。」

「哪裡行不通？」

「不可能辦到的。」大御坊用困惑的表情搖搖頭。

「咦？爲什麼？」

「因爲，我……有看到那把鑰匙。」大御坊用嚴肅的表情說：「喜多沒跟妳說這件事嗎？」

「沒有，喜多老師完全沒提到……」

「那個時候，第一個走進準備室的人是喜多。我是聽到他叫我過去時，才接著進去的。」大御坊用若無其事的表情說明。「當我進去時，才發現寺林倒在房間最裡面。」

「我有聽說……」

「後來我們又叫了兩個人，一共四個人合力把他抬出去。就在那個時候，我看到了那把鑰匙。」

「咦？」萌繪小聲地叫了起來。「眞的嗎？」

「鑰匙從他的口袋稍微露出一截。」大御坊繼續說：「那是把金色的鑰匙。當他被抬出去時，那把鑰匙幾乎要滑落的樣子，我不由得留意起來，所以才會記得這件事。只那個時候，我壓根沒想到那就是準備室的鑰匙……」

「你確定？」

「犀川撿到時有給我們看吧，我後來想起來當時在寺林口袋裡的就是那把鑰匙。」

「那把鑰匙是在寺林先生身上囉？」

「沒錯。」

「這怎麼可能啊！」萌繪從沙發上站了起來。

「小萌，妳冷靜點。」大御坊馬上說。

「可是……」萌繪雙手緊緊握拳。

「嗯。」大御坊點頭如搗蒜。「我知道的確很怪也能了解妳的心情，都怪我沒早點跟妳講，對不起……但這的確是事實，今天我也跟警察好好地交代過了。」

「他們相信你嗎？」

「這我就不知道了。」

「這實在不合常理。」萌繪俯視著坐在沙發上的大御坊。「如果這是眞的，那要怎麼把房門鎖上？難道是偷拿警衛室的鑰匙嗎？」

「會不會是兇手另外打一把備份鑰匙呢？」大御坊很簡潔地說。

「啊……」萌繪微微張開嘴巴，直接坐回沙發上。「是嗎？說的也是，還有這種方法……」

「那裡的鎖看起來沒那麼複雜，要備份應該很簡單吧？」

「是啊，兇手中途應該出去過，在某個地方打了備份鑰匙後，再把原來的鑰匙放回寺林先生的口袋裡。」

「嗯，算是說得通吧。」大御坊搖晃著杯子，興味盎然地點點頭。「不過兇手眞的是很忙呢。一個晚上這樣忙碌，不怕工作過度嗎？」

「很忙啊……」萌繪面有難色地重複他的話。「那種時間有地方可以打備份鑰匙嗎？也許兇手是自己帶工具來的。」

「兇手爲什麼要做那麼自找麻煩的事啊？」

「爲什麼……」萌繪又重複說了一次。她還沒有準備好正確解答。她想，自己應該正在思考吧。

她思考著。

對了，不一定要在當天晚上才準備吧。兇手一定預先就打好備份鑰匙，而且犯案時就帶在身上。絕對不會錯的，因爲只要有申請，應該隨時都能借用那個房間吧……對，這就是正確答案。

「小萌，妳怎麼了？難不成壞掉了？」

「咦？」萌繪抬起頭。

「妳眞的能喝酒嗎？」大御坊問。

「不，不要緊的，我根本沒醉。」萌繪搖頭。

「如果再跟犀川討論一下的話，應該可以改良得更完善。」

「你指的是什麼？」

「就是小萌妳的推理，妳有打算要告訴他吧？」

「嗯，沒錯……可是在告訴老師之前，我得做更多的整理才行，這種情形下根本不值得說。」

「妳這樣講眞是過份。」大御坊嘟起嘴。「當我是什麼啊？」

「啊，對不起，安朋哥，我不是這個意思……」

「算了。」大御坊露出微笑。「反正我只是一個試縫用的假人，被針戳個幾下也沒什麼嘛……」

「這對犀川先生……」萌繪說到一半時，突然屛住呼吸。

「怎麼了？」

「假人？」她重複一次。說完，她即刻陷入沉默，意識迅速地向下沈沒。

「妳果然還是壞掉了。」大御坊笑著說。

瞬間的靈光乍現，無法用言語來形容。萌繪在一瞬間裡就領悟了這個想法。就像閃電的光芒一樣……然而在「知道答案」的下一刻，卻馬上變得不知道了。

「小萌？還在故障中嗎？」

「給我閉嘴。」

「唉呀，好啦好啦。」

倒臥在準備室裡的筒見明日香的屍體，無頭的屍體，無頭的假人。筒見明日香修長筆直的腿，白皙的腿，假人的腿。

紀世都工房裡的人偶們。

鮮紅的血，寶特瓶噴出來的紅色液體。

紀世都蒼白的容顏。

空氣壓縮機的節奏。

是雌性創造雄性？

線圈和鏡片的眼睛。

一個完整的生命？1和0？

人偶，還有模型。

意識忽然模糊起來，感覺快要昏倒了。萌繪癱陷在沙發裡。

「等一下！」大御坊站了起來。「妳還好吧？」

萌繪睜開眼睛。剛才也許眞的有片刻是處於昏迷狀態吧。

「妳是不是思考步調太快，以致於不堪負荷啊？」

「不，不要緊的。」萌繪靜靜地作了深呼吸，然後搖頭。「只是因爲停止呼吸，所以有點不舒服而已。」

「停止呼吸？」

「嗯。」

「拜託妳別停好不好……眞是的……」大御坊笑著說：「妳眞是個怪女孩……算我求妳，絕對不要在我面前做出停止呼吸這種傻事，好嗎？」

（待續）

註一：希臘醫學之父希波克拉底認為人的氣質是由血液、黏液、黃膽、黑膽四種體液的比例不同所主導，其中「黏液質」的人，看似無精打采行動遲緩，對事物卻很執著。

註二：D51，日本早期的煤水車式蒸汽火車。

註三：平安時代是日本古代的最後一個歷史時代，它從西元七百九十四年桓武天皇將首都從奈良移到平安京（現在的京都）開始，到西元一千一百九十二年源賴朝建立鎌倉幕府一攬大權為止。在日本歷史上，有許多傑出的女子文學都是在平安時代創作的。

註四：指熱衷於動畫、漫畫及遊戲等次文化的人。這詞語在日文中常帶有貶義，但對於歐美地區的日本動漫迷來說，這詞語的褒貶因人而異。

註五：古斯塔夫·奧圖（Gustav Otto，1883-1926），德國人，創立了古斯塔夫奧圖航空機械製造廠（Gustav Otto Flugmaschinenfabrik），也是著名的尼可勞斯·奧古斯特·奧圖（Nikolaus August Otto）、四行程汽油引擎(奧圖循環引擎)發明者的兒子。後與人合資，在西元一九一六年三月七日創立了巴伐利亞飛機製造廠（Bayerische Flugzeugwerke, BFW），在西元一九一七年七月二十日將工廠改名為巴伐利亞發動機製造股份有限公司（Bayerische Motoren Werke GmbH，縮寫為BMW）

註六：在豆腐之類的食物上塗味增烤的料理。

註七：讀做ODEN，一意指關東煮，在這裡則是指田樂燒。

註八：將紅豆餡加水和砂糖熬煮成甜湯後，再放進麻糬或白糰子一起食用的點心。

註九：克勞德－路易·納維(Claude-Louis Navier，1785-1836)，法國人，力學家、工程師，是納維－斯托克斯方程(Navier-Stokes equations)的發明者之一。

註十：阿茲·克黎（Arthur Cayley, 1821-1895），英國人，專研數學、天文學家。

註十一：約瑟夫-路易·拉格朗日(Joseph-Louis Lagrange，1736-1813)，義大利人，數學、力學、天文學的偉大學者，十八世紀最偉大最謙虛的數學家。拿破崙譽他為「數學科學的巍峨金字塔」。

註十二：約翰尼斯·伯努利(Johannes Bernoum，1667-1748)，瑞士人，專研數學、力學。

註十三：布萊斯·帕斯卡(Blaise Pascal，1623-1662)，法國人，專研數學、機器計算、物理學。

註十四：斯托克斯（Sir George Gabriel Stoke，1819-1903）英國物理學家和數學家，因對黏性流體的特性研究，特別是描述固體小球在流體中運動的黏度定律和作為矢量分析基本定理的斯托克斯定理而著名。

森博嗣作品系列

命運的模型(上)

(原名：数奇にして模型)

著者／森博嗣　譯者／謝如欣
發行人／黃鎮隆　副總經理／葛麗英
編輯總監／張君嫣　國際版權／陳宗琪・張哲欣・康逸嵐・黃子芳
執行編輯／蔡雯婷　美術編輯／鄭依依　封面設計／井十二設計研究室
出版／尖端出版　城邦文化事業股份有限公司
台北市中山區民生東路二段一四一號十樓
電話：(〇二)二五〇〇—七六〇〇　傳真：(〇二)二五〇〇—一九七四
E-mail：chiawei_kuo@mail2.spp.com.tw
發行／英屬蓋曼群島商家庭傳媒股份有限公司城邦分公司
台北市中山區民生東路二段一四一號二樓
讀者服務專線：(〇二)二五〇〇—七七一八；(〇二)二五〇〇—七七一九
二十四小時傳真服務：(〇二)二五〇〇—一九九〇；(〇二)二五〇〇—一九九一
讀者服務信箱E-mail：service@readingclub.com.tw
北部&中部經銷／勤力國際股份有限公司
電話：(〇二)八五三一—五三七〇
傳真：(〇二)八五三一—五三七一
雲嘉經銷／威信圖書有限公司　嘉義公司
電話：(〇五)二三三—三八五二
傳真：(〇五)二三三—三八六三
客服專線：〇八〇〇—〇二八—〇二八
南部經銷／威信圖書有限公司　高雄公司
電話：(〇七)三七三—〇〇七九
傳真：(〇七)三七三—〇〇八七
香港總經銷／香港城邦(香港)出版集團
香港灣仔軒尼詩道二三五號三樓
電話：(八五二)二五〇八—六二三一
傳真：(八五二)二五七八—九三三七
E-mail：citehk@hknet.com
法律顧問／北辰著作權事務所　蕭雄淋律師
二〇〇六年三月一版一刷

■中文版■

國家圖書館出版品預行編目資料

命運的模型／森博嗣【作】. -- 1版. -
- 臺北市： 尖端出版 ：家庭傳媒城邦分公司發行,
2006[民95]
冊；　　公分. --（森博嗣作品系列）
譯自：数奇にして模型
ISBN 957-10-3186-0（上冊：平裝）
ISBN 957-10-3188-7（下冊：平裝）
861.57　　　　　　　　95000308